Susanne Friedmann

Ein Kuß für David

Florentiner Flirts

Susanne Friedmann

Ein Kuß für David

Florentiner Flirts

Picus Lesereisen

Picus Verlag Wien

Die Deutsche Bibliothek – CIP-Einheitsaufnahme

Friedmann, Susanne:
Ein Kuß für David: Florentiner Flirts/
Susanne Friedmann. – 2. Aufl. – Wien: Picus Verl., 2000
(Picus Lesereisen)
ISBN 3-85452-705-5

2. Auflage 2000

Grafische Gestaltung: Dorothea Löcker, Wien
Umschlagabbildung:
Davidstatue auf der Piazza della Signoria, © PIX
Druck und Verarbeitung: Remaprint, Wien
ISBN 3-85452-705-5

Inhalt

Savonarola, Michelangelos David und ich

Florentiner Lebenskunst für Anfänger

Die Fensterläden funktionierten wie eine Camera obscura: Durch ihre Ritzen hindurch projizierte das flirrende Mittagslicht die Autos, die Richtung Fiesole fuhren, an meine Zimmerdecke: Ganz aus farbigem Licht, verkleinert und auf dem Kopf stehend aber detailgetreu tuckerten sie über den Plafond, sauber mit den Geräuschen der Straße synchronisiert.

Dies war das Kino meiner trägen Nachmittagsstunden, wenn ich auf dem Bett lag, dessen Metallrost fast bis zur Erde durchhing, und zur Zimmerdecke hinaufstarrte, die Arme im Nacken verschränkt. Es waren die Stunden tiefster Einsamkeit in der Fremde.

Doch hatte ich bald gelernt, sie zu genießen. Niemals mehr wäre es mir in den Sinn gekommen, wie die Sommertouristen aus der Stadt hinauszufahren, um auf dem Hügel von Fiesole Erfrischung zu suchen, wo, so steht es in jedem Reiseführer, immer ein Lüftchen weht. Niemals! Das nämlich hätte gegen den Codex verstoßen: Ich war schließlich keine Touristin! Ich war als Stipendiatin hier und sollte für ein ganzes Jahr in Florenz *leben!*

Also machte ich es wie Marida, meine Zimmerwirtin, die zugleich malte, Gedichte und Theaterstücke schrieb, eine Praxis für Jungsche

Psychoanalyse führte und immer mehrere Liebhaber gleichzeitig zu bewältigen hatte. Außerdem war sie 38 Jahre alt, ein für sie besorgniserregender Zustand, dem sie dadurch entgegenzuwirken suchte, daß sie tagsüber meistens mit einer selbstgebrauten Schönheitsmaske aus Ei und Zitronensaft auf dem Gesicht herumgeisterte, die sie nur dann abnahm, wenn ein Patient in die Psychotherapie kam, wenn sie, was selten geschah, ausging, oder wenn sie einen Liebhaber empfing. »Sex muß sein wie das tägliche Brot«, pflegte sie zu sagen, *come il pane quotidiano.*

Ich schloß also wie Marida schon früh am Morgen die Kühle der Nacht in mein Zimmer ein, indem ich Fenster und Läden fest verriegelte, und verließ die Wohnung im August nur, um Nahrungsmittel einzukaufen. Wir nahmen fast ausschließlich die klassischen toskanischen Sommerspeisen zu uns: *panzanella* etwa, den Brotsalat, aus Schichten alten Weißbrots mit Tomaten, Gurken und Zwiebeln sowie Unmengen frischen Basilikums durchmengt und mit Weinessig und Olivenöl aus dem Chianti eine Nacht im Kühlschrank durchgezogen. Oder wir aßen die dicken weißen Bohnen mit Zwiebelringen, etwas Zitronensaft, Thunfisch aus der Dose und Olivenöl. Und immer wieder rosmarin- und salbeigewürzte Grillhähnchen aus der *rosticceria* um die nächste Ecke.

Schon möglich, daß mein Florentiner Leben für Außenstehende so aussah, als würde ich eine Menge verpassen. Doch das Gegenteil war der Fall: Ich war einfach auf die andere Seite hinübergewechselt. Das heißt, ich gehörte jetzt nicht mehr zu den Zuschauern, sondern zu den Akteuren. Hier, auf der Bühne nämlich, spielte das wahre Florentiner Leben! Und zwar meist bei geschlossenem Theatervorhang. Allein ein paar extra engagierte Entertainer gingen vor den Vorhang, um das fremde Publikum abzulenken und es mehr schlecht als recht für teures Geld zu amüsieren. *Firenze* selbst hält sich diskret zurück. Wer hier nicht alle Jahreszeiten wenigstens einmal durchlebt hat, wer kein Italienisch spricht und vor Ort kein Projekt verfolgt, das es ihm ermöglicht, in die tieferen Strukturen des Gemeinwesens einzudringen, der wird von dem hintergründigen Leben dieser Stadt höchstens eine vage Ahnung bekommen. Und die auch nur im Glücksfall: Dann vielleicht, wenn sich vor ihm im düsteren Gemäuer eines Palazzos unvermutet eine Einfahrt öffnet, um einen lackschwarzen Maserati zu gebären, hinter dem ein Durchblick in einen begrünten Innenhof aufleuchtet, in dessen Mitte ein Renaissance-Brunnen plätschert. Oder dann, wenn er auf der Piazza della Repubblica ein Grüppchen alter Damen mit etruskischen Profilen beobachtet, die im *Gilli* zwei Stunden lang bei einer einzigen Tasse Tee sitzen; alteingesessene noble *signore,* denen es auf der kurzen gepuderten Strecke zwischen Lippenrot und geschwungener Augenbraue gelingt, perfekte Florentiner Eleganz auszustrahlen.

Aus Hunderten kleiner und kleinster geschlossener Gesellschaften besteht diese Stadt. Ihnen gemeinsam ist die einhellige Klage über den Tourismus: Er habe ihr blühendes Florenz *sciupata,* ruiniert, verdorben, sagt man. Man beschwert sich darüber, daß sich die Touristenströme in unflätiger Weise durch die elegante Via dei Calzaiuoli wälzten, vorzüglich in kurzen Hosen und Sandalen mit Socken, einer *combinazione,* die für jeden Italiener den Inbegriff deutscher Stillosigkeit darstellt. Man beweint, daß es in Florenz nur noch Self-Service-Lokale und Souvenir-Läden gäbe. Daß nicht mehr der David von Michelangelo, sondern schlaksige Afrikaner, die auf dem Ponte Vecchio Lederwaren, Socken und Taschentücher feilböten, das Stadtbild prägten.

Doch ist das nur die halbe Wahrheit. Der Tourismus wird hier gehandhabt wie organischer Dünger: Man beschwert sich darüber, daß er stinkt, aber man genießt die strammen Erträge, zu denen er verhilft. Selbst Marida lebte ja zum Großteil davon, daß sie das Zimmer, das zur Straße hin lag, kurzfristig und teuer an Touristen vermietete.

Ich war allerdings, wie gesagt, etwas anderes, weil ich länger blieb und weil ich hier zu tun hatte! Ich mußte weniger Miete zahlen und fiel schon deshalb nur noch unter die Kategorie *straniero,* Ausländer, nicht aber mehr unter *turista,* und darauf bildete ich mir was ein!

Zu zwei ganz und gar verschiedenen geschlossenen Gesellschaften hatte ich von Anfang an Zugang, in denen ich das Florentiner Leben hinterm Vorhang miterleben durfte: Zum einen also, wie bereits erwähnt, Maridas Wohnung, in der es immer nach *pasta* und Herrenparfum, nach Räucherstäbchen und makrobiotischen Tees roch,

Lebenszutaten, die in der Florentiner Boheme sehr *alla moda* waren.

Und zum andern das Deutsche Kunsthistorische Institut Florenz: Ein Hort geistiger Hochgenüsse, in dessen Luft der Duft von kühlem Kalk, altem Papier und Eichenholz hing, die betörenden Ingredienzien eines Florentiner Forscherlebens. An diesem schönen Ort nämlich sollte ich für meine Doktorarbeit Material sammeln.

Das vom deutschen Staat finanzierte Institut beherbergt in zwei aneinanderangrenzenden, weitläufigen *palazzi* (großzügige Geschenke von Thyssen und dem Volkswagenwerk) eine glänzend ausgestattete Bibliothek zur mittleren und neueren Kunstgeschichte Italiens. Wissenschaftlern aus aller Welt steht sie offen und wird auch von den fortgeschrittenen Studenten der Florentiner Universität gern benutzt, weil ihre Bibliothek nur recht spärlich bestückt ist. Die zum Institut gehörige Photothek ist mit über einer halben Million Abbildungen eine der größten Sammlungen der Welt zur italienischen Kunst.

Hier werden Forschungsprojekte unterstützt, jährliche Studienkurse für fortgeschrittene Studenten abgehalten, hochkarätige Symposien und Kongresse veranstaltet. Im September 1997 konnte das Istituto Germanico di Storia dell'Arte in Anwesenheit des deutschen und des italienischen Staatspräsidenten, Roman Herzog und Oscar Luigi Scalfaro, im Palazzo Vecchio seinen hundertsten Geburtstag feiern. Es ist die älteste kunstgeschichtliche Forschungsstelle, die je außerhalb des eigenen Landes zur Forschung vor Ort errichtet wurde, und gehört heute zu den bedeutendsten und traditionsreichsten kunsthistorischen Instituten auf der ganzen Welt. Seinen Sitz in Florenz verdankt es der deutschen Renaissance-Begeisterung am Ende des letzten Jahrhunderts und der eminenten Bedeutung der Stadt für die Geschichte und Kultur der Renaissance, deren Erforschung seit Jacob Burckhardt als vornehmste Aufgabe der Kunstwissenschaft galt. 1987 wurde auch noch die Casa del Sarto-Zuccari an der Ecke Via Giusti/Via Capponi von der Deutschen Bank AG erworben und dem Instituts-Verein geschenkt. Das mit Fresken geschmückte Künstlerwohnhaus, das einst dem führenden Haupt der Florentiner Malerschule Andrea del Sarto und später dem Maler und Kunsttheoretiker Federico Zuccari gehörte, wird zur Zeit baulich konsolidiert und restauriert.

Man muß, vom Dom kommend, durch die Via dei Servi gehen, wobei es nicht ganz einfach ist, unbeschadet an der Pasticceria Robiglio vorbeizukommen, wo Gianduia-Schokoladen-Pralinés angeboten werden. Man sollte sich nicht lange zieren! Also: Einen oder zwei *gianduiotti* und dazu einen bitteren *espresso*, dann über die Piazza Santissima Annunziata, am ehemaligen Waisenhaus entlang, das Brunnelleschi im 15. Jahrhundert entworfen hat. Wenigstens mit einem Blick muß man hier die rundlichen Babies auf knallblauem Hintergrund würdigen, die seine Fassade schmücken. In der Verlängerung des Waisenhauses geht es dann in die Via Gino Capponi und die nächste rechts hinein in die Via Giuseppe Giusti. Dort, bei

Nummer 44, steht man bald vor dem Eingang des Istituto Germanico di Storia dell'Arte.

Den ganzen August hatte ich hinter geschlossenen Fensterläden im Viale Volta verlebt. Durchaus stilecht, wenn man nicht gerade zu denen gehörte, die ihn in der familieneigenen Villa am Meer bei Livorno oder La Spezia zubringen. Erst in der zweiten Septemberhälfte kam ich deshalb dazu, auch meinem Forschungsauftrag nachzugehen.

Ohne zahlreiche Empfehlungsschreiben und Pipapo kommt man in die Heiligen Hallen des Instituts nicht hinein. Weder als Ausländer noch als Florentiner. Hat man dann aber seinen kleinen *tesserino* ergattert, eine Art Initiations-Ausweis, der zum Betreten der Bibliothek berechtigt, dann gehört man zu einem wahrhaft exklusiven Club.

Schon Susanna, die *portiera,* die unverdrossen Tag für Tag sämtliche *tesserini* kontrollierte, sah aus wie eine gelungene Mischung aus Gina Lollobrigida und Sophia Loren. Elfenbeinteint, dichtes schwarzes Seidenhaar, eine üppige Figur, dabei aber elegant mit schmalen Gelenken und langen Gliedmaßen. Sie trug zierliche Goldkettchen und klimpernde Armreifen und dazu diesen merkwürdig bieder-klassischen Chic, den auffallend viele junge Florentinerinnen tragen, gern auch Mädchen, die Kunstgeschichte studieren, weil darin jede so aussieht wie eine *ragazza per bene,* eine Tochter aus gutem Hause. Das scheint man hier gern zu haben. Dunkelblaue, knieumspielende Röcke gehören dazu, dunkelblaue Twinsets oder helle Hemdblusen.

Susanna hatte in all den Jahren, die sie hier als Pförtnerin tätig war, niemals ein Wort Deutsch gelernt. Stattdessen hatte sie ihr Florentinisch elaboriert, was weitaus reizvoller war: Sie sprach wunderbar langsam und kehlig, bewegte dabei ausdrucksstark ihre vollen Lippen und zeigte eine zart rosafarbene Zunge zwischen großen weißen Zähnen.

Für die jungen Florentiner Kunsthistoriker war sie nur nett und gewöhnlich, für die Ausländer aber, Engländer, Amerikaner, Niederländer und Deutsche war sie eine Offenbarung. Ob Student oder Professor, sie waren alle verrückt nach ihr, die jede Aufmerksamkeit mit einem freundlichen aber gleichmütigen Lächeln annahm, ohne je einen Zweifel an ihrer Unnahbarkeit aufkommen zu lassen. Sie errötete nicht, sie zwinkerte nicht, ließ ihre Augen nie zu lange in anderen Augen ruhen. Sie war die Tugend Temperanza in Person. Ja, Susanna erinnerte mich immer an die Allegorie des »Maßhaltens« von Piero Pollaiuolo, die in den Uffizien hängt: Ein Renaissance-Mädchen, das lächelnd und mit anmutiger Geste warmes und kaltes Wasser ineinander gießt, so daß es niemals heiß, niemals kalt, sondern immerzu wohltemperiert ist. Die Pförtnerin Susanna war mir der Inbegriff des klassischen romanischen Maßes. Und sie paßte ausgezeichnet in dieses kühle, etwas feierliche Ambiente.

Das Kunstgeschichtliche Institut hat einen lichten Treppenaufgang ganz in Steingrau und Kalkweiß und auf mehreren Etagen hohe Räume voller Bücher, in deren Mitte Arbeitstische aus dunklem Holz stehen. Da sah ich Kunsthistoriker und Kunsthistorikerinnen vieler Nationen, deren Namen ich bisher nur aus ihren gewichtigen Werken gekannt hatte, über dicken Folianten brüten. Sie wirkten alle außerordentlich bedeutend. Und die Jungen, die mir noch nicht namentlich aufgefallen waren, machten immerhin den Eindruck, als stünden sie stets kurz vor der bahnbrechenden Entdeckung, auf deren Flügeln sie dann ebenfalls in den Olymp der Wissenschaft hinaufgetragen würden. Blasse, langgliedrige Doktorandinnen schwebten durch die Gänge, durchgeistigt und beseelt von ihrem kulturellen Auftrag.

Ich meinerseits saß fröstelnd, rotbackig und etwas unglücklich in einer Ecke, allein an einem Riesentisch, und suchte hilflos nach passenden Büchern für meine Doktorarbeit, konnte sie aber nicht finden, weshalb ich spätestens alle anderthalb Stunden aufstand und in die nächste Bar ging, um einen *cappuccino* zu trinken. Es gab da einen netten Barmann, *barista,* der die schaumige Milch in Herzform auf den schwarzen Kaffee fließen ließ! Dazu ein tröstendes *gianduiotto.* Mit an Sicherheit grenzender Wahrscheinlichkeit sah *ich* nicht so aus, als würde ich jemals etwas Wichtiges entdecken.

Eines Tages aber, als ich wieder einmal mit Kopfschmerzen über einem nichtsnutzigen Buch saß, nahm ich plötzlich aus dem Augenwinkel einen Schatten wahr. Ich blickte auf. Ein junger Italiener sagte: »*Buon giorno, Signorina! Posso rendervi servizio?*« »Guten Tag, kann ich Ihnen einen Dienst erweisen?« Den hatte wohl meine Hilflosigkeit angelockt. Ich brauchte eine Weile, bis ich seine altmodische Formulierung verstand. Er stellte sich als Alfredo di Santangeli vor, zu deutsch Afred von den Heiligen Engeln, sah allerdings nicht so aus, als wäre er einer. Alfredo war klapperdürr und leichenblaß, in seinem Gesicht glühten ein Paar schwarze Augen, seine blutroten Lippen wölbten sich über lange Schneidezähne, das schwarze Haar trug er schulterlang. Von vorn hätte ich seine Herkunft in Transsilvanien vermutet, im Profil aber wirkte er mit seiner Adlernase wie die Wiedergeburt des Asketen Savonarola.

Girolamo Savonarola war ein Dominikaner-Mönch aus Ferrara, Wahlbürger von Florenz, der den prachtliebenden Fürsten der Familie Medici im ausgehenden 15. Jahrhundert das Leben schwer gemacht hat. Er kündigte den sinnenfrohen Florentinern in seinen glühenden Predigten ein bald fälliges göttliches Strafgericht an, falls sie weiterhin den irdischen Lüsten anhingen, als da sind: Kunst, Literatur, Musik, Kartenspiel, Mode, schöne Frauen und Männer. Von der Kanzel in San Marco, wo er Prior war, aber auch im Dom Santa Maria del Fiore rief er zur allgemeinen Buße auf und zog mit seinen Anhängern, die *piangioni,* Heuler, genannt wurden, durch die Stadt. Bei einem Fischzug sammelten sie allen Tand, dessen sie habhaft werden konnten, aus den Häusern der wohlhabenden Florentiner ein. Viele waren schon so eingeschüchtert, daß sie freiwillig alles herausrückten, um nur ihr Seelenheil zu retten. Savonarola aber errichtete auf der Piazza della Signoria seinen berühmten »Scheiterhaufen der Eitelkeiten« und ließ Gemälde mit geschmeidigen, alabasterfarbenen Frauen und athletischen Männern, Holzskulpturen, Musikinstrumente, aber auch Kämmchen, Schmuck, Spiegel, Bücher, Blondhaar-Perücken und Schminke, schöne Stoffe und Spiele, kurz, all die sinnlich-sündigen Herrlichkeiten der Florentiner Renaissance-Kultur in Flammen aufgehen, während sich die Bürger der Stadt massenhaft geißelten und heftig dazu heulten.

Sandro Botticelli warf seine schönsten Werke ins Feuer und schwor dabei, den Pinsel nur noch für theologisch-geistige Themen zu schwingen.

Ein Jahr später, 1498, wurde Savonarolas Leichnam, nachdem er als Ketzer gehenkt worden war, an derselben Stelle verbrannt.

Alfredo di Santangeli, den ich im stillen nur noch Girolamo nannte, war, wie ich später erfuhr, ein später Sproß aus dem Florentiner Hochadel. Er sollte eigentlich Advokat werden wie seine Vorväter, verweigerte sich jedoch den Anforderungen seiner Familie und ergötzte sich nun seit einigen Jahren, von einer satten Apanage unterstützt, an kunsthistorischen Studien.

Wenn ich ihn so im Institut sitzen sah, wie er mit Inbrunst die Kunstwerke der Rennaissancezeit studierte, wurde ich den Eindruck nicht los, daß Alfredo etwas wiedergutmachen und wohl auch nachholen mußte, was er in seinem Vorleben kurz vor 1500 ordentlich vermasselt hatte.

Leider konnte ich von nun an nicht mehr ohne Zeugen aus der Bibliothek in die Gianduia-Bar entwischen. Sobald ich mich erhob, stand auch

Alfredo auf und begleitete mich. Das war bedauerlich, weil unsere Konversation stets mühsam war, weil mir seine Gegenwart immer etwas unheimlich blieb, weil ich mich nicht traute, in Anwesenheit eines reinkarnierten Asketen Pralinés zu essen, und weil der nette Barmann mir kein Herzchen in den *cappuccino* goß, sobald ich in männlicher Begleitung erschien.

Immerhin aber machte Alfredo mich großzügig mit seinen Freunden bekannt, die ebenfalls im Institut arbeiteten.

Und dann lud er mich zu sich nach Hause ein. Dabei durchbohrte er mich mit seinen schwarzen Augen, setzte aber mit hoher, scharfer Stimme beschwichtigend hinzu, er bäte mich nicht allein zu sich, sondern habe zehn Gäste zum Tee geladen.

Ich beschloß, einen hochgeschlossenen Pulli anzuziehen, und erkundigte mich bei Marida, ob ich solch eine Einladung wohl gefahrlos annehmen dürfte. Sie meinte, wenn noch andere dabei wären, durchaus, vor allem aber könnte man sich beim Florentiner Adel – trotz allem – auf Stil verlassen.

Alfredo erbot sich, mich zusammen mit einem niederländischen Kunsthistoriker am Samstag um 15 Uhr mit dem Wagen an der Piazza Donatello abzuholen.

In einem heruntergekommenen schwarzen Schlitten fuhr er uns aus der Stadt hinaus, den Viale Michelangelo durch das Villenviertel über der Piazzale Michelangelo hoch, während ich im Rückspiegel den Riesenbusen der Domkuppel auftauchen und wieder versinken sah. Dann ging es noch wenige Kilometer weiter Richtung Siena ins Chianti-Land.

Vor einem großen schmiedeeisernen Tor hielt Alfredo an. Ein älterer Mann in Gärtnerkluft sprang herbei und ließ uns ein. Alfredo steuerte den Wagen im Schritttempo die von Zypressen bestandene Kies-Allee hinauf und parkte hinter der Villa der Familie di Santangeli. Ein lichtgelber Herrensitz wie aus dem Toskana-Prospekt. Wir stiegen aus, schauten um uns und atmeten tief durch. Diese silbriggrünen, olivenbestandenen Hügel mit den vereinzelten Gehöften im Scheitel nehmen einem den Atem, ganz gleich, wie oft man sie auch schon gesehen haben mag – ob in natura oder auf Photos.

Alfredo schlug einen kleinen Spaziergang durch den Olivenhain vor, bis die anderen Gäste einträfen. Es war eine ausgedehnte Anlage, die sich über mehrere Hügel erstreckte. Bald kamen wir an einem bescheidenen Steinhaus vorbei, in dem die Bauern lebten, die das Land bewirtschafteten. Bauer und Bäuerin kamen eilfertig herausgelaufen, als sie ihren jungen Herrn sahen. Sie machten vor Alfredo eine tiefe Verbeugung und sagten: »*Buon giorno, Signorino!*« Diese Verkleinerung von »*Signore*«, zu deutsch »Herrlein«, hatte ich noch nie gehört. Alfredo reichte seinen Vasallen jovial die Hand und fragte dies und das die Oliven betreffend. Die Bauern antworteten brav, verneigten sich wieder tief und zogen sich zurück.

Ich schämte mich, Zeugin einer Szene aus dem

letzten oder gar vorletzten Jahrhundert gewesen zu sein, und auch der Niederländer schwieg auf dem Rückweg betreten, während Alfredo von seinen Besitztümern sprach, die ihn, so versuchte er glaubhaft zu machen, nicht die Bohne interessierten.

An der Villa waren noch immer keine weiteren Autos eingetroffen. Als wir zum Haupteingang über die vordere Terrasse strebten, packte uns Alfredo plötzlich rauh am Arm und zog uns eilig weg, zum Dienstboteneingang auf der Rückseite des Hauses. Hier kramte er hastig eine große schwarze Sonnenbrille hervor, schob sie sich ins Gesicht und ging uns voran ins Haus. Wie ein Dieb blickte er um sich, während er uns durch einen Korridor in den Salon lotste. Ein großer Tisch war prächtig mit Teegeschirr gedeckt, Kerzen brannten. Alfredo schloß rasch und leise alle Türen und setzte sich. Wir sahen ihn erstaunt an. Seine Sonnenbrille legte er griffbereit neben den Kuchenteller: Er wolle seinen Eltern, mit denen er hier lebte, nicht begegnen, erklärte er, und falls er doch einmal unverhofft auf einen der beiden träfe, so wolle er weder seiner Mutter, noch seinem Vater in die Augen schauen müssen.

Alfredo hatte seinen Domestiken Anordung gegeben, alles für einen Teenachmittag mit zehn Gästen zu richten. Da die anderen Gäste noch immer nicht erschienen waren, entschied er, wir sollten doch anfangen, und klingelte. Eine schwarzweiß gekleidete Haushälterin brachte Platten mit englischem Teekuchen und schenkte uns Tee ein. Nachdem ich in knappen Worten über den Fortgang meiner Forschungsarbeiten berichtet hatte, was ein Leichtes und Kurzes war, weil es ja kaum etwas zu berichten gab, überließ ich den jungen Herren die weitere Konversation, aß ziemlich viel scheußlich süßen Kuchen und trank so viele Tassen Tee, daß Alfredo bald dazu überging, nicht jedesmal zum Nachschenken nach der Servierdame zu klingeln.

Alfredo selbst aß genau ein Stück Kuchen, was ihm schon schwerzufallen schien, er tat es wohl allein aus gastgeberischem Pflichtgefühl, und trank exakt zwei Tassen Tee: Adel verpflichtet.

Die anderen Gäste kamen nicht.

Die Konversation, zu der ich mit vollem Mund nicht beitragen konnte, schleppte sich dahin, unterbrochen von den glühenden, zugleich saugenden und lastenden Blicken, die Alfredo dann und wann auf mir ruhen ließ. Ich kaute und fühlte mich den Anforderungen der Situation in keiner Weise gewachsen. Verstohlen sah ich nach der Uhr, während ich den mit Marida verabredeten Zeitpunkt herbeisehnte, zu dem sie mich anrufen und wegen eines fingierten Besuchs aus Deutschland sofort nach Hause zitieren sollte. Endlich erschien die Haushälterin und meldete ein Telephonat für mich. Ich mußte also – »leider, leider schon« – gehen, und unser niederländischer Kollege beeilte sich, sich mir anzuschließen. Alfredo fuhr uns nach Florenz zurück, und irgendwie schaffte ich es, ihn davon abzuhalten, mich bis in Maridas Wohnung hinein zu begleiten, wo er eigentlich vorhatte, meinen Besuch aus Deutschland zu begrüßen.

Am darauffolgenden Tag verlegte Alfredo seinen Arbeitsplatz im Institut an meinen Tisch. Er plazierte sich mir gegenüber, um mir bei meiner Forschung jederzeit behilflich sein zu können. Ich war nun unter der Kontrolle dieses kunstbeflissenen jungen Florentiners gezwungen, beständig und ausdauernd wissenschaftliche Tätigkeit und nie erlahmende Begeisterung vorzutäuschen, um ihm in den quälenden gemeinsamen Pausen in der Gianduia-Bar Rede und Antwort stehen zu können, ohne Hoffnung auf Trost durch Pralinés und Milchschaumherzchen.

Ich spürte es deutlich: Für diese Florentiner Lebensform war ich nicht geschaffen.

Ich blieb also dem Deutschen Kunsthistorischen Institut fern. Unverzüglich rief mich Alfredo di Santangeli zu Hause an und fragte nach den Ursachen meiner Abwesenheit. Ich gab vor, krank zu sein. Eine Stunde später klingelte es, Alfredo stand vor der Tür und überreichte mir einen großen, klumpigen Apfelstrudel.

Lo strudel, wie die Florentiner sagen, gehört in einer zuckersüßen, schlecht durchgebackenen Varietät ins Sortiment jeder besseren Florentiner *pasticceria,* weil die Toskana nach dem Aussterben der Familie Medici 1737 an die Habsburg-Lothringer gefallen war. Da buken sie Strudel und wandelten den Jagdpavillon im Boboli-Garten hinterm Palazzo Pitti in ein »Kaffeehaus« um, bis Italien, mit Florenz als Hauptstadt, endlich geeint war und König Vittorio Emmanuele von 1865 bis 1871 im Pitti residierte. Die Österreicher gingen, *il Kaffeehaus* und *lo strudel* blieben.

Alfredo war nun der Meinung, *lo strudel* sei der Genesung einer jungen deutschsprachigen Kunsthistorikerin sicherlich zuträglich. Ich dankte ihm mit schwacher Stimme, nahm den riesigen, wurstförmigen Kuchen in Empfang, verabschiedete Alfredo an der Haustür und legte mich mit dem Strudel ins Bett. Noch am selben Nachmittag hatte ich ihn verschlungen. Da ich nun wirklich krank war, öffnete ich mich der Erkenntnis, daß der Umgang, den mir das Deutsche Kunstgeschichtliche Institut in Florenz zu bieten hatte, wohl nicht der richtige für mich war. Ich brach mein asketisches Forscherleben kurzerhand ab und schrieb mich, kaum vom Krankenlager genesen, an der Kunstakademie von Florenz für einen Aktzeichenkurs ein.

Der aus der Akademie ausgelagerte Zeichensaal lag vom Dom aus Richtung Bahnhof weit hinter der Kirche San Lorenzo bei der Fortezza da Basso. Inzwischen war es kalt geworden, weshalb in den Zeichenstunden beständig der Holzofen bullerte, der neben dem Podest für das Aktmodell stand. Ein dickes Ofenrohr ging quer durch den Raum. Wenn es regnete, was jetzt, im Dezember, häufig vorkam, tropfte es an mindestens vier Stellen durch das mit Milchglas gedeckte Dach. Der Atelierwärter streute dann Sägemehlhäufchen unter die lecken Stellen, um zu verhindern, daß sich auf dem Boden Rinnsale bildeten. Ich mochte den süßlichen Duft des feuchten Holzes.

Unser Aktmodell hieß Paolo. Er war in seiner Pracht der perfekte Gegentyp zu Alfredo, so wie dieser Zeichensaal für mich eine Gegenwelt zu den heiligen Hallen der kunstgeschichtlichen Bibliothek darstellte. Alfredo hatte mich an den Asketen Savonarola erinnert, Paolo dagegen sah aus wie der David von Michelangelo. Er war wunderbar proportioniert und durchtrainiert, mit den ein wenig zu kurzen Beinen der Südländer, und einem leichten Bronzeton am ganzen Leib. Während des Kurses hatte er zunächst alle 15 Minuten, dann alle fünf Minuten die Stellung zu wechseln. Bevor er sich in seine erste Pose warf, schaltete Paolo stets seinen kleinen Kassettenrekorder an: Klavierkonzerte – nichts als Klavierkonzerte!

Er wolle Pianist werden, erklärte er. Sein Blick ging schwärmerisch ins Weite, seine Finger zuckten im Takt. Als Modell arbeitete er professionell. Erfinderisch und gewagt präsentierte er seinen Körper, und jede noch so verwegene Position hielt er reglos durch, solange es nötig war.

Manchmal jedoch war Paolo kokett gestimmt. Dann verlor sich sein Blick nicht, wie sonst, in den fernen Weiten seines zukünftigen Ruhmes, sondern blieb im Hier und Jetzt an Studenten und Studentinnen haften. Und während er die Augenlider schläfrig gesenkt hielt, genoß er es sichtlich, betrachtet zu werden. Er hatte sich vor uns hingegossen, sich uns mit Haut und Haar ausgeliefert, hingegeben: Eine Opfergabe an die Kunst. Paolo schien nun mit allen Sinnen zu spüren, wie wir ihn mit den Augen abtasteten, wie wir ihn vermaßen, die Linien und Flächen, Wölbungen und Höhlungen seines Körpers erforschten, wie wir uns ganz in ihn versenkten. Er hielt still wie ein

Kater in der Sonne, nur sein Geschlecht schwoll leise an, bis er mit einem nachsichtigen, väterlichen Lächeln, das seinem Schoß galt, einen Arm hob und sich seine große, kühle Hand tröstend und beruhigend zwischen die Beine legte.

Während einige der Studenten und Studentinnen nach Luft schnappten, lächelte Paolo freundlich und gelassen in die Runde. Der Vorfall genierte ihn keineswegs, sondern war die ganz natürliche Folge unserer gespannten Aufmerksamkeit, die auf seinen herrlichen Körper gerichtet war, und er nahm sie mit diesem netten, genießerischen Lächeln hin, das ihn aussehen ließ wie einen sanften, wohlig ermatteten Faun.

Wenn Paolo Pause hatte, schaltete er die Klaviermusik ab, zog rasch seinen weinroten Satin-Morgenmantel über, streifte Pantoffeln an die Füße und stieg vom Podest. Kaum aber hatte er das Podest verlassen, wurde er auf eine bezaubernde Weise verschämt.

Ich meinerseits war höchst überrascht und etwas geniert, als er das erstemal im Negligé neben mir stand. Ich setzte mich schnell hin. Denn trotz seiner monumentalen Proportionen war Paolo in Wahrheit ein kleiner Mann. Ich wollte ihn keinesfalls überragen, während er das Akt-Portrait betrachtete, das ich von ihm gezeichnet hatte. In der Pause nämlich pflegte Paolo durch die Reihen der Studenten zu wandeln, gab Tips, äußerte Lob und Tadel.

Als ich Paolo an der Piazza Repubblica dann zum erstenmal in Straßenkleidung traf, erkannte ich ihn kaum: Er trug einen schwarzen Cashmere-

Mantel und einen elfenbeinfarbenen Seidenschal, und er erschien mir fast noch schöner als ohne Kleider. Paolo erzählte mir, er wolle ans Konservatorium, und während er Modell stehe, übe er im Kopf all die Klavierkonzerte, die er einst spielen würde. Er träumte von einem riesigen Steinway-Konzertflügel, besaß aber in Florenz noch nicht einmal ein Übeklavier. Voll Eifer erklärte er mir, daß er jedoch die Tante eines Freundes seines Cousins kannte, die ein altes Pianoforte besaß – und ich wurde den Verdacht nicht los, daß sein Pianistendasein einzig und allein in seinem Kopf existierte.

Aber ach, Paolo hatte den Körper des David von Michelangelo, und er hatte ein so reizendes Lächeln! Seine grünen Augen wurden schmal dabei, wurden zu frischen Mandeln, und sein Mund verzog sich ein wenig schief und bildete über dem Mundwinkel ein Grübchen. Er sah so ganz und gar nicht asketisch aus. Und er brachte mir die sinnenfrohe Kunst der Florentiner Renaissance näher als die Kunstwerke selbst oder kunstwissenschaftliche Abhandlungen es je vermocht hatten.

Die Fensterläden funktionierten wie eine Camera magica. Durch ihre Ritzen hindurch projizierte nun das kalte Winterlicht die wenigen Autos, die noch Richtung Fiesole fuhren, an meine Zimmerdecke. Wir lachten über dieses Kino, während wir ermattet auf dem Bett lagen, dessen Metallrost nun ganz bis zur Erde durchhing, und in der Zweisamkeit erschien mir die Fremde gar nicht mehr so fremd.

L'ùpupa im Boboli

Naturschutz auf italienisch

Diese neue Einrichtung erschien mir doch gleich etwas dubios. Gut, es mag einleuchten: Der Mensch soll was lernen, möglichst ein Leben lang, soll jederzeit das Vergnügliche mit dem Nützlichen verbinden, *delectare et prodesse,* wie's schon die Alten sungen. Und doch erschien es mir allzu demonstrativ, um wahr zu sein.

Ich kam nämlich gerade vom *mercato* bei San Lorenzo, hatte im vegetarischen oberen Stockwerk ein paar Artischocken eingekauft und unten im Vorübergehen voll des deutsch-romantischen Sentiments wieder einmal diese winzigen nackten Vogelkörper betrauert, die da zum Kauf angeboten werden, ein ganzer Vogel mal eben so groß wie ein Hühnerschenkel. Noch immer werden hier Singvögel gejagt und als Delikatesse verspeist. Sogar *l'allodola,* die Lerche, ist zur Jagd freigegeben!

Und nun dies: Am Eingang zum Boboli-Garten hinterm Palazzo Pitti empfing mich eine Schautafel, auf der ein nettes Käuzchen abgebildet war. Darauf vermeldete die italienische Vogelschutzorganisation Lega Italiana Protezione Uccelli (LIPU), die es wahrhaftig gibt, daß sie, mit Unterstützung eines Schweizer Instituts, im Park einen zwei Kilometer langen, mit Farbtafeln gesäumten Naturpfad angelegt habe, wo man Wissenswertes über die hier wohnenden Vögel erführe. Mit etwas Geduld könnte man zum Beispiel erlernen, einen im Gebüschschatten verborgenen Vogel allein an seinem Körperumriß zu erkennen, heißt es aufmunternd.

Falls es irgendwo einen Italiener respektive Florentiner geben mag, der sich, ohne kulinarischen Nutzen daraus zu ziehen, allein zur Erbauung seiner Seele der Naturbeobachtung hingibt, so hat er sich mir jedenfalls noch nicht vorgestellt. Die Einwohner von Florenz kommen hierher, um zu flanieren, nach hübschen Ausländerinnen auszuspähen, kunstvoll gearbeitete Marmorwerke zu betrachten, zu konversieren, diese oder jene *ragazza* zu küssen, und bei alledem vor allem selbst eine *bella figura* zu machen. Wen interessiert da, bitteschön, die Silhouette eines Vogels im Busch? Höchstens mich, die naturschwärmende Nordländerin. Ich erfahre immerhin, daß im Boboligarten neben den üblichen Allerweltsvögeln auch *l'airone*, der elegante Graureiher, *l'ùpupa*, der schwarz-weiße Wiedehopf und *l'assiòlo*, die sympathische Zwergohreule hausen. 74 Vogelarten wurden, glaubt man LIPU, im Giardino di Boboli gezählt!

Der Artenreichtum erstaunte mich allerdings sehr viel weniger als der Umstand, daß es gerade hier, mitten in der Kulturstadt Florenz, auf einmal um die schützenswerte, frei lebende Kreatur gehen sollte. Soweit ich Einblick in die Florentiner Lebensweise nehmen konnte, ist »Natur« nämlich für die meisten Einwohner der Stadt vor allem gleichbedeutend mit »Unkultur«. Und bei der im deutschsprachigen Raum so vielgepriesenen »Natürlichkeit« denkt eine Florentinerin zuerst an die nicht enthaarten Beine und Achseln der deutschen Touristinnen. Giovanna macht noch regelmäßig eine wegwerfende Handbewegung, wenn ich ihr mit »natürlicher Schönheit« komme, während sie ein strahlendes Lächeln vor dem Spiegel übt, bei dem sich keine Augenfalten bilden. Sie hält »Natürlichkeit« für einen Spleen, einen Germanismus, den man mir noch austreiben muß. Denn wer, *ti prego!*, ist schon von Natur aus schön? *La natura* das sind Hängeschultern, Hängebusen, Plattfüße, Dreck an den Pumps und eklige Regenwürmer. Natur ist die ungeformte Rohmasse, die es in eine geläuterte Kultur-Gestalt zu transformieren gilt. Auf diese Weise entsteht Schönheit. Und so haben es die Florentiner ja erfolgreich von Anbeginn an gehalten: Um die römische Kolonie Fiorentia herum lauerte im Arnotal die feindliche Natur in Form von Sumpffieber, Räubern und wilden Tieren. Die Sümpfe mußten trockengelegt werden, die Räuber zivilisiert, die wilden Tiere gezähmt, vertrieben oder erlegt, der wilde Wald mußte gerodet, Ackerland gewonnen, Zypressen gepflanzt werden; bis die Kulturlandschaft Toskana, der »Garten Italiens«, in dem Florenz als »die Blume der Toskana«, blüht, schließlich gestaltet war. Noch zur Zeit der Renaissance war das Mißtrauen in die Natur so groß, daß man alle Neugeborenen das ganze erste Lebensjahr lang mit ausgestreckten Armen und Beinen, die Hände sozusagen an der Hosennaht, bis unter den Hals fest in Bänder wickelte, weil man glaubte, daß ihre Gliedmaßen nicht gerade wachsen würden, wenn man der Natur ihren Lauf ließe. Auch heute noch findet man Hunde und kleine Kinder ja erst dann so richtig liebenswert, wenn sie sauber und adrett rausgeputzt sind. Gehen Sie an einem kalten Wintertag zu dem Blumenkiosk »Fiori e Piante« an der Ecke der Piazza Repubblica. Der kleine weiße Pudel trägt dann, passend zum floralen Ambiente, einen Steppanzug mit Rosenblüten und Kapuze! Wahrscheinlich stammt das gute Stück aus der Zoohandlung in der Via Cavour, die ein Schaufenster für Hunde-Mode reserviert hat: Da gibt es derzeit eine *tuta spaziale,* wörtlich »Raumanzug«, einen Overall aus einem Fleecematerial für die kalte Jahreszeit. Sie finden aber auch einen kessen *impermeabile,* den Regenmantel aus schwarzem oder rotem Lack, einen rosagrundigen Jogginganzug mit kleinen aufgedruckten Tennisschuhen, und den Gipfel an kultivierter Schönheit: einen *magliettino,* ein Pullöverchen in echtem Norwegermuster. Zwischen 70.000 und 100.000 Lire müssen Sie dafür schon hinlegen, aber die dekorativen Hundehaar-Schleifchen, die auf einer Haarspange sitzen, gibt es in vielen entzückenden Farben schon ab 6.500 Lire.

Die Natur, das ist allemal der häßliche, ungezogene und glitschige Frosch, der sich erst dadurch, daß die Prinzessin ihn an die Wand wirft, ihn durch Züchtigung erzieht und kultiviert, in einen schönen Prinzen verwandelt.

A proposito Frosch: In *»La Stampa«* las ich zum Thema »Frosch« einen erhellenden Kommentar.

Er stand neben dem Bericht über die Demonstration von 1.500 Reisbauern in der Poebene, die mit 600 Traktoren in der europäischen Reismetropole Vercelli eingefallen waren, um gegen die Agrarpolitik der EU zu protestieren. Säckeweise hatten sie Reis auf den Asphalt geschüttet und mit Pfiffen, Hupen und Geschrei vor der wichtigsten europäischen Warenbörse dagegen protestiert, daß die EU, statt die internen Produkte und Produzenten zu schützen, die Kontinentalmärkte der Invasion von Konkurrenzprodukten öffnete. Italien ist mit 6.500 *aziende* der wichtigste Reisproduzent in Europa. 15.000 Arbeiter hängen am Reis! Edoardo Raspelli, Italiens gefürchteter Gastronomiekritiker, nahm nun den Protest der Reisbauern zum Anlaß, seinem Bedauern darüber Ausdruck zu verleihen, daß in der Poebene schon viele liebgewonnene kulinarische Traditionen der Industrialisierung zum Opfer gefallen sind. So ersetzen heute zum Beispiel die schnellkochenden Spaghetti nur allzu oft den traditionellen Risotto, der eine längere Kochzeit hat, und »die Fabriken haben zwar Arbeitsplätze geschaffen«, schreibt Raspelli weiter, »aber die schwarzen Kamine inmitten der Reisfelder haben das Quaken der Frösche verschwinden lassen, und damit die Froschschenkel von unseren Tischen eliminiert«.

Da haben wir's: Nicht etwa das Lebewesen Frosch in seiner Froschnatur ist schützenswert, sondern allein der zu einem Kulturgut transformierte Froschschenkel auf dem Teller!

Aus diesem Blickwinkel ist auch der gut geschneiderte Pelzmantel schützenswerter als der

Chinchilla oder der Silberfuchs, durfte ich aus der Frauenzeitschrift »*Gioia*« erfahren. Ein Redakteur protestierte darin gegen Tierschützer, die eine Pelz-Modenschau empfindlich gestört hatten. Wir müßten doch zugeben, argumentiert er, daß »die Natur«, und damit auch »das Tier«, für den Menschen keineswegs immer so angenehm wären, wie Naturschützer glauben machen wollten! Chinchillas etwa können kräftig beißen, Robben fressen den Menschen den Fisch weg, und man müsse vor allen Dingen endlich mal offen zugeben, daß viele Tiere furchtbar häßlich sind und stinken, und daß die meisten Menschen, wenn sie nur ehrlich wären, Wale schlicht ekelhaft fänden *(le balene fanno semplicemente schifo!).*

Nun, es war einer dieser verfrühten Frühlingstage, an dem die Sonne zum erstenmal so kräftig schien, daß sie es schaffte, einen bis ins Herz zu durchwärmen. Ich spazierte also im Boboli-Garten herum, ließ Naturpfad Naturpfad und Tierschutz Tierschutz sein und ging auf einem von Steineichen und Lorbeergebüsch flankierten Kiesweg den Hang hinauf. Dabei wich ich etwa alle zwanzig Meter einem kleinen, eingerollten Pelzballen aus, der da in der Sonne lag. Zum Ausstrecken war den Katzen der Boden noch zu kalt. Ihre schönen, breiten Köpfe hatten sie auf ihre Flanken gebettet, der Sonne entgegen, die Augen fest zugedrückt, die Schnurrbärte stramm. Zu dieser Jahreszeit gehörte der Garten noch ihnen, und von einer einzelnen deutschen Spaziergängerin hatten sie nichts zu befürchten. Auch auf den Stufen des Amphitheaters lagerten sie in jedem

Lichtfleck, und, ein wenig abseits der Hauptwege liefen sie mir, auf der Suche nach einem Sonnenplatz, in die Quere, abwechselnd von rechts und links den Weg kreuzend, Auguren meines Tages, so daß sich Glück und Pech wohl die Waage halten würden. Einige sahen ramponiert aus, hatten kranke Augen oder ein abgebissenes Ohr, aber mir fiel auf, daß sie allesamt wohlgenährt waren, ihr Fell dicht und glänzend. Kein Vergleich zu den mageren, verwahrlosten Stadtkatzen, die sich in stinkenden Hinterhöfen herumtrieben.

Plötzlich Geschrei aus einem Gebüsch. Es klingt wie ein Kleinkind, das nach seiner Mutter ruft. Eine zweite jammernde Stimme kommt hinzu, es raschelt laut, eine dritte fällt, laut quengelnd, ein. Verlassene, mutterlose Säuglinge, die im Boboli durchs Unterholz robben? Das Trio bricht urplötzlich ab. Generalpause.

Ich schleiche vorsichtig näher und linse über die Buchsbaumhecke: Drei Boboli-Kater von erstaunlichen Ausmaßen sitzen wie versteinert unter einem Lorbeerbaum. Der erste getigert und mit lahmer Vorderpfote, der zweite grau und ohne Schwanz, der dritte schwarz und einäugig. Nach langem, angespannten Schweigen, währenddessen einer nach dem anderen steifbeinig aufsteht, die Pfoten durchschüttelt und dann einige Male um den Baumstamm herumschleicht, beginnt der Tiger zu miauen, *miagolare,* sagen die Italiener, und die beiden anderen stimmen wieder ein, sie schaukeln sich zu höheren, leidenschaftlicheren Gesängen hoch, es ist ein sehnsuchtsvolles Terzett zur Mittagszeit, das jedem Kurpavillon

Ehre machen würde. Die Instrumente etwas schräg gestimmt, und die Virtuosen mit dieser kalt und teilnahmslos schmachtenden Hingabe im Blick, die nur routinierte Stehgeiger am Ende der Kursaison und liebeskranke Kater so hinkriegen.

Oben, auf einer bequemen Astgabel sitzt das Objekt ihrer Begierde. Es ist eine lupenreine Persianerkatze, die erst desinteressiert in die Luft starrt und dann so ungeniert, als säße sie unbeobachtet daheim in ihrem Boudoir, beginnt, sich zurechtzumachen. Sie ist wirklich entzückend: Blaugrau, mit langem, sehr gepflegtem Angora-Pelz, ein flaches Gesichtchen, riesige runde Augen, kleine Nase, Schmollmund, Typ Brigitte Bardot. Nur wenige Millimeter streckt sie ihre Marzipanzunge hervor, mit der sie sich, während sie langsam von einer erotischen Position in die nächste wechselt, in langen, genüßlichen Strichen an allen erdenklichen Körperstellen leckt. Dann und wann läßt sie ein lustvolles Schnurren hören, auf das die Kater mit zitternden Ohren reagieren.

So kann es gehen: Von unschuldigem, natürlichem Mutterinstinkt getrieben, bin ich mir nichts dir nichts in die Rolle eines Voyeur-Voyeurs geraten, beobachte durchs Gebüsch hindurch drei Herren, die ihrerseits einer Peep-Show beiwohnen. Ein wahrhaft proustsches Vergnügen! Und, ich muß es zugeben, auf eine dekadente Weise höchst kultiviert!

Der getigerte lahme Bo 1, der graue schwanzlose Bo 2, und Li, der schwarze, einäugige Kater haben die Beine jetzt eng unter den Bauch gezogen. Vor Nervosität zitternd stampfen sie mit ihren großen, weich gepolsterten Pfoten rhythmisch den Erdboden und kneifen dabei, ganz Gourmet, ganz lüsterner Kenner, die Augen zu: »Trau' keinem Filou, hat er auch beide Augen zu!« Und es sind Filous, bei Gott! Vom Leben gezeichnete aber vitale Gesellen mit dem Halbwelt-Charme von reichgewordenen Nightclub-Besitzern, die sich hier um ein Zuckerpüppchen aus gutem Hause versammelt haben. Der Genuß, einen wohlerzogenen Engel zu Fall zu bringen, soll ja für erfahrene Lebemänner um ein vielfaches erregender sein als der, ein bereits verderbtes, leichtes Mädchen rumzukriegen.

Nun, es war weder Raub, noch Verführung. Die Signorina auf dem Ast war ja aus eigenem Antrieb ins Park-Milieu herübergewechselt. Sie mußte aus einem der herrschaftlichen *palazzi* an der Via Maggio stammen, vom Boboli geradeaus die zweite Querstraße, wo die edelsten Antiquitätenläden liegen. Ist wohl auf die schiefe Bahn geraten, als die Herrschaft einmal verreist war. Im Winter, ohne Touristen, verkaufen sich die kostbaren Möbel schlecht. Ihrer eleganten Haltung sieht man an, daß sie daran gewöhnt war, sich in Samtkissen auf Renaissancetruhen zu räkeln, von goldgerahmten Spiegeln vielfach widergespiegelt, die Atmosphäre von behaglichem doch noblem Luxus verbreitend.

Keiner der Herren Bo 1, Bo 2 und Li macht auch nur den Versuch, die Burg des Edelfräuleins zu erstürmen. Reglos begnügen sie sich mit Augen- und Ohrenschmaus. Welche Amber-Düfte ihren stillen Genuß noch zusätzlich steigern mögen, das bleibt meinem tauben menschlichen Sinn verborgen.

Dann eine unverhoffte Bewegung im Geäst: Die Kleine hat ihren Pelz durchgeschüttelt. Ihre Toilette ist fürs erste beendet. Sofort öffnet Signor Li sein einziges Auge und setzt sich auf. Er reckt den breiten Kopf, macht den Rücken lang und blickt hoch in den Lorbeer, vor dessen dunkelgrünem Blattwerk sich die Silhouette der Kätzin aufreizend abhebt.

»Miao!« singt Signor Li mit Florentiner Akzent und noch einmal »miaaaooo!« Und dann, kaum traue ich meinen Ohren, fährt er fort: »*Ùpupa miao, assiòlo miao, verdone miao, merlo miao!*« Als die Herren Bo 1 und Bo 2 diese Angebote hören, springen auch sie auf alle Viere: Laut singend stimmen sie in Signor Lis Arie ein, durchkreuzen und ergänzen sie: »Wiedehopf, miau, Zwergohreulchen, miau, Grünfink miau, Amsel miau ...« Die Kätzin auf dem Baum steht auf, lehnt sich mit der Schulter an einen Ast, neigt ihren hübschen Kopf zur Seite und leiht den Herren gnädig ihr possierliches Ohr. Es handelt sich nämlich um eine Einladung zum Essen! Die Kater singen ihr auswendig und mühelos, ganz große Oper, das Delikatessenangebot des Parks vor. Ist jetzt ja keine Kunst mehr, denke ich, wo doch die Katzen-Speisekarte des Boboli-Gartens auf den Farbtafeln der LIPU ausgehängt ist!

Ich schlich mich davon, darüber sinnierend, ob LIPU unter dem Deckmantel des Vogelschutzes vielleicht in Wahrheit Katzenförderung betrieb, die ihrerseits wieder dem Pelzhandel zuarbeitete, nahm mir dann vor, einige Tricks dieser Florentiner Perserkatze in mein Flirt-Repertoire aufzunehmen und spürte, daß ich dringend einen *espresso* brauchte, um meinen von Natur und Kultur verwirrten Sinn wieder klar zu kriegen.

Doch das »Kaffeehaus« im Park ist noch geschlossen, *lavori in corsa,* Arbeiter renovieren den Innenraum, die Stühle auf der schmalen Terrasse sind gegen die Tischchen gelehnt.

Ganz oben, vom kunstvoll geometrisch zurechtgestutzen Garten neben dem Porzellanmuseum, blicke ich auf das Land hinter Florenz. Frisch grün ist das Gras unter den silbergrauen Oliven, auf langen Stielen und wie Sträuße gebündelt blühen weiße Narzissen, die Vögel zwitschern arglos im Gesträuch und die Katzen reiben sich die Tatzen.

Leda und kein Schwan

Was, bitte, ist die menschliche Schönheit?

Paolo versah seinen Dienst im Wechsel mit einem weiblichen Modell. Leda war Ende fünfzig. Am ganzen Körper hatte sie eine wunderbar ebenmäßige, zarte Haut. Stets war sie perfekt enthaart und hatte sich das Gesicht ein wenig zurechtgemacht. Mit dezentem Lidschatten, hellem Puder, rosafarbenem Lippenstift. Sie hatte freundliche braune Augen und ließ gern ein kleines, verführerisches Mädchenlächeln um ihre geschlossenen Lippen spielen, während sie ihren Kopf anmutig reckte. Sie scherzte mit den Studenten, indem sie neckisch ein Auge zukniff, ohne das andere zu bewegen. Zu lachen wagte sie kaum, da sie eine Zahnlücke zu verbergen hatte. Zahnersatz ist in Italien teuer. Die Krankenkassen zahlen nichts.

Leda hatte volle Brüste, einen weichen vorgewölbten Bauch und wohlgeformte Beine. Ihre Posen waren in einer etwas schematischen Weise die ewig vorteilhaften Posen einer *bella donna:* schicklich, gefällig, etwas langweilig.

Ich bemühte mich, pünktlich zu kommen, um einen guten Platz zu ergattern, das hieß, einen, auf dem man nicht von Regentropfen getroffen wurde und zugleich gute Aussicht aufs Modell hatte.

Die Staffeleien, die hier *cavaletti,* Pferdchen,

heißen, bestanden aus einem Zeichenbrett, das an eine kleine Bank montiert war, auf die man sich rittlings setzte. Bald hatte sich der Saal mit jungen Leuten auf Holzpferdchen gefüllt, die sternförmig um eine nackte Göttin gruppiert waren und andächtig zu ihr aufblickten. Dieses Setting hatte den Ruch eines heidnischen Kultes.

In den Pausen, wenn Leda ihr Haar aufgeschüttelt und den japanischen Kimono übergeworfen hatte, ging sie den neugierigen Blicken der Studenten aus dem Weg. Sie ließ sich, wie alle Göttinnen, lieber auf Distanz verehren. Zum Flirt zog es sie zu ihresgleichen in die Ecke, wo die Professoren saßen, die etwa ihr Alter hatten.

Professor Senesi war einer dieser schönen, angegrauten Florentiner, die so aussahen, als wären sie geradewegs aus einem Renaissance-Fresko herabgestiegen und hätten sich nur rasch umgezogen. Seine Körperhaltung war straff, und unter seinen zitronengelben, roséfarbenen oder blaumelierten Cashmere-Pullovern zeichnete sich eine vertrauenerweckend gewölbte Männerbrust ab. In der kalten Jahreszeit behielt er seine dekorativen Schals auch im Innenraum an. Er hatte einen hell-olivfarbenen Teint, dichtgelocktes, kurzgeschnittenes Haar und ein klassisches Profil mit strengen aber vollen Lippen. Seine Hände waren feingliedrig und leicht gebräunt. Während der Zeichenstunden rauchte er im Stehen Zigarillos und warf nebenbei ein paar flüchtige, flotte Skizzen aufs Papier, die wir in den Pausen bewundern durften.

Die Frauen lagen ihm zu Füßen, aber Senesi

war mäßig glücklich verheiratet, unnahbar und – um ehrlich zu sein – in all seiner Schönheit ziemlich fad.

Leda habe als junge Frau mit ihm hier angefangen, erzählte er. Da sei sie frisch verwitwet gewesen und dankbar für den Job. Natürlich sei sie da noch um ein Vielfaches schöner gewesen als heute, aber schon damals hätte sie diese klassisch-elegante Anmut gehabt. Zwei Söhne hat sie alleine großgezogen, heute bessert sie ihre armselige Rente auf, und in all den Jahren hat sie es sich niemals geleistet, krank zu sein und zu fehlen. Ausgefallene Stunden, so erfuhr ich, wurden nicht bezahlt.

Es berührte mich seltsam, daß Leda nur wenige Wochen, nachdem ich mit dem Aktzeichnen begonnen hatte, zum erstenmal fehlte. Dieser Winter war aber auch ungewöhnlich kalt, zwischen Dom und Baptisterium pfiff ein eisiger Wind. Die Florentiner bewegten sich nur mit hochgezogenen Schultern und im Eilschritt durch die Stadt, was schlecht zu ihnen paßte. Die feuchte Kälte drang einem in die Knochen, und auch beim Zeichnen zogen wir unsere Mäntel nicht aus. Der Atelierwärter heizte zwar kräftig ein, er hatte den Ofen gefährlich dicht neben das Podest des Aktmodells gerückt, aber einmal weigerte sich sogar Paolo, die Hüllen fallen zu lassen.

Wer je zur Winterzeit im Süden war, der weiß, daß man nirgendwo so friert wie dort, wo alles auf Sommer und Sonne eingerichtet ist.

Es müsse wohl etwas Schwerwiegendes sein,

meinte Senesi, denn auch mit einer Erkältung wäre Leda sicherlich gekommen. Die Studenten standen unschlüssig herum, man überlegte, ob die Zeichenstunde ausfallen sollte oder ob sich eine Studentin bereit erklären würde, den anderen Modell zu stehen.

Da klopfte es heftig an die Saaltür, Senesi rief mit seinem sonoren Baß: »Avanti!«, und herein stiefelte, schwer atmend, eine rundliche ältere Frau, schüttelte den Schirm ab und erklärte, sie sei eine Bekannte von Leda.

Leda lag mit hohem Fieber im Bett, der Arzt hatte ihr verboten aufzustehen, und sie hatte ihre Nachbarin solange bekniet, bis sie sich bereit erklärte, Leda in der Akademie zu vertreten, damit der Kurs nicht ausfallen mußte.

Professor Senesi schaute die Frau von oben bis unten an, seine ebenmäßigen Züge verzogen sich schmerzlich, sein feines ästhetisches Empfinden schien durch ihre Erscheinung verletzt. Er setzte ein Lächeln auf und zeigte ihr die Umkleide-Garderobe, die aus einem mit Pappe bespannten Paravent bestand. Sie aber schürzte die Lippen, wedelte mit dem Zeigefinger und schnalzte mit der Zunge, so wie die Italiener es tun, wenn sie etwas entschieden verneinen, ablehnen oder verbieten: »*No, no no!*« Sich auszuziehen kam für die Nachbarin – bei aller Hilfsbereitschaft – nicht in Frage!

Professor Senesi hievte ihr also etwas unwirsch einen Stuhl aufs Podest und half ihr beim Aufstieg. Sie setzte sich in ihrem dicken Wintermantel aufrecht hin, stellte die Beine nebeneinander und klammerte sich an ihrer großräumigen Handtasche fest, die aufrecht auf ihren Knien stand. Vor lauter Anspannung hatte ihr Gesicht einen fast mürrischen Ausdruck. Sie war sehr aufgeregt.

Im Zeichensaal wurde es still. Ehrfürchtig schauten wir sie an. Wir waren ergriffen von der Einfachheit und Wahrhaftigkeit dieser Frau, die sich noch nie im Leben in Szene gesetzt hatte, geschweige denn wußte, was eine vorteilhafte Pose sein könnte. Wir waren von ihrer verletzlichen Menschlichkeit angerührt, denn in ihrem unförmigen Mantel, in ihrer ungeschickten Haltung und mit dem strengen Gesicht bot sie sich uns entblößter dar als Leda es in ihrer koketten Nacktheit je getan hatte.

Zugleich gab ihr diese frontale Sitzhaltung die Würde einer thronenden *Madonna col bambino* von Massaccio, und das, obwohl ihre gummierte Handtasche die Rolle des Jesuskinds übernommen hatte.

Der ganze Saal zeichnete mit einer Intensität, mit einer Hingabe und Liebe, die den kalten Raum erfüllte und uns alle inspirierte. So ähnlich muß es den jungen Malern der Frührenaissance ergangen sein, als sie das erstemal die Massaccio-Fresken in Santa Maria del Carmine zu Gesicht bekamen, nachdem man sie jahrelang mit der eleganten Schönlinigkeit der späten Gotik abgespeist hatte.

Nur Professor Senesi blieb ungerührt. Er hatte dafür keinen Sinn. Er schaute weg. Er war auf formvollendete Eleganz programmiert und zeichnete in seiner Ecke an einer Figurine herum, die mit einer thronenden Muttergottes nicht das geringste zu tun hatte. In der Pause hofierte er die Frau zwar, plauderte mit ihr, ließ ihr einen Kaffee und ein *dolce* bringen, aber er tat es so überschwenglich, daß er sie damit beschämte, weil sie seinen Hochmut spüren mußte.

Ich merkte, daß ich Senesi nicht mochte.

Schon in der nächsten Stunde war Leda wieder soweit hergestellt, daß sie arbeiten konnte. Blaß und schmal kam sie daher, aber auch triumphierend und begierig danach, zu hören, wie glücklich wir waren, sie wiederzusehen, und wie positiv sie sich von ihrer plumpen Vertretung abhob.

Leider war Professor Senesi, der ihr mit Sicherheit die erwarteten Komplimente gemacht hätte, am Tag ihrer Rückkehr nicht da. Er ließ sich, wie immer, wenn er dringendere Geschäfte hatte, von einem wilden, häßlichen, aber temperamentvollen Dozenten vertreten, der die Zeichenstunde nutzte, um selbst mal wieder einige Aktstudien nach der Natur anzufertigen: Professor Vigiano.

Leda übersah den Professor, der ja nicht der richtige war, befahl dem Atelierwächter, den Ofen ordentlich nachzuheizen, legte sich auf dem Podest in Position, zwinkerte uns mit einem Auge zu und schaute auffordernd in die Runde.

Professor Vigiano sprang auf und stürzte zu ihr hin. Nur mühsam bezähmte er sich. Er war sichtlich genervt. Inständig bat er Leda, endlich einmal eine andere als die üblichen Positionen einzunehmen. *»Leda! Bella! Per favore!«* Flehend warf er die Arme in die Luft.

Leda lächelte freundlich und mühte sich redlich. Aber immer rutschten ihr die Füße anmutig übereinander, spitzten sich ihre Zehen, hob sich ihr Kinn, neigte sich gefällig ihr Kopf. Leda war überfordert.

Professor Vigiano fragte erst höflich um Erlaubnis, dann faßte er sie an, zog hier, schob dort und nötigte sie, eine Haltung einzunehmen, die er für sich und für uns interessanter fand. Leda kniete nun, vielleicht zum ersten Mal in ihrer Aktmodell-Karriere, saß mit dem Hinterteil fest auf ihren Fersen, stützte die Hände hinter den Füßen aufs Podest und lehnte den Kopf zur Seite und nach hinten.

Es war wunderbar! Sie war plötzlich so kraftvoll und schön. Der ganze Saal applaudierte: Was für eine Schönheit, welche Wucht, welch starker Ausdruck!

Aber Leda fühlte sich unwohl abseits der Posen, an die sie gewöhnt war, in denen sie sich sicher fühlte. Wacker hielt sie die aufgezwungene Haltung fünfzehn Minuten lang durch. Danach, in der Pause, ging sie durch die Reihen und guckte sich unsere Studien an. Sie war entsetzt: Sah ihre verbogenen Zehen, ihren breiten Rücken, dem die Taille verloren gegangen war, ihren Mund, der im Profil leicht offenstand und die Zahnlücke preisgab. Nein, so wollte sie sich nicht zeigen und so wollte sie sich nicht sehen!

Doch die Zeichnungen aus dieser Stunde und die Zeichnungen von ihrer Nachbarin waren und blieben unsere schönsten, ja, die besten im ganzen Jahr! Wir wußten warum: Sie waren mit tiefer menschlicher Anteilnahme gezeichnet, es waren Bilder der Liebe.

Als aber Senesi in der folgenden Stunde die Studien durchsah, die wir in seiner Abwesenheit angefertigt hatten, schüttelte er den Kopf: »*Barbarico!*« sagte er und zog an seinem Zigarillo: »Unkultiviert! Dieser Vigiano! Bringt euch noch deutschen Expressionismus bei!«

Er deutete auf Leda, die sich so anmutsvoll auf ihrem Podest zurückgelehnt hatte, als wolle sie Gottvater Zeus in Form eines Schwanes empfangen. Professor Senesi klatschte in die Hände: »Aber heute, Kinder, wollen wir endlich wieder was *Schönes* zeichnen! *Nevvéro?*«

Pastorale Gefühle

Ein Tag auf dem Land

Natürlich mußten wir zuerst noch bei einer *pasticceria,* einer Konditorei vorbei. Denn ohne *dolci,* kleine süße Teilchen zum Kaffee als Gastgeschenk, taucht man bei seinen Gastgebern nicht auf, wenn man zum Mittagessen eingeladen ist. Wir entschieden uns, nicht ganz uneigennützig, für ein paar hundert Gramm von diesen knochentrockenen matt-süßen Keksstücken, *cantucci, cantuccini alla mandorla* oder *biscotti di Prato* genannt, in denen Mandeln stecken und die man zur Abrundung eines guten Essens in ein Gläschen *Vin Santo,* den toskanischen Dessertwein, taucht. Dort saugen sie sich voll, werden mürbe, und ihr zartes Anis- und Mandelaroma verbindet sich auf eine Weise mit der Likörblume, daß, wenn beides von guter Qualität ist, sogar an italienischen Tischen für einige Zeit andachtsvolles Schweigen herrscht.

Florenz war kalt und grau. Wie jedesmal, wenn ich die Stadt verließ, wunderte ich mich auch jetzt wieder, wie rasch man aus dem städtischen Umfeld herausgefahren ist und sich in ländlicher Umgebung wiederfindet. Wir fuhren Richtung Arezzo, wo Roberto eine Freundin und mich zu seinen Eltern aufs Land, in die *campagna,* eingeladen hatte. Er war ein bescheidener junger Mann, der aus seiner ländlichen Herkunft keinen

Hehl machte. Gegen Mittag hatte er uns mit seinem Wagen abgeholt. Kaum waren wir ein wenig hügelan gefahren, als sich der Nebel auch schon lichtete und die Sonne, erst silbrig verschleiert, dann blitzend klar auf blauem Himmel erstrahlte und sich alle Mühe gab, diesen Wintertag anzuwärmen.

Roberto befand sich in einer schwierigen Lebensphase. Er stand am Abschluß seines Rechtswissenschaften-Studiums, hatte jedoch wenig Lust auf das durchgestylte, städtische Leben, das ihm bevorstand, wenn er sich als einer der tausend Advokaten, die es in Florenz gab, niederlassen würde. Er hatte nun vor, in den landwirtschaftlichen Betrieb seiner Eltern einzusteigen, die Weinberge, die Oliven, das Landhaus zu übernehmen. Roberto war der einzige Sohn, seine Eltern wurden zusehends älter, aber aufgeben wollten sie nicht. Allzuviele Gehöfte in ihrer Nachbarschaft waren an Ausländer, meist Engländer, Schweizer oder Deutsche verkauft worden, und das war das letzte, was diese stolzen Leute wollten. Ob aber außer den beiden Alten auch Roberto und womöglich noch eine junge Familie von den Erträgen des Anwesens würden leben können, das war nicht abzusehen. Und ob seine Florentiner Freundin sich überhaupt eine Zukunft auf dem Land vorstellen könnte, das war alles andere als abgemacht.

Das Haus von Robertos Familie lag inmitten der familieneigenen Weinberge in einem hübschen vergammelten Garten mit alten Terrakottavasen und einem wundersamen Kakhi-Baum, der auf völlig kahlen Ästen seine orangeroten fadsüßlichen Früchte wie Weihnachtskugeln präsentierte.

Roberto führte uns in die Küche, wo *la mamma,* schön und kräftig, die *minestrone* bereitete. Ich wurde ohne Umstände angenommen, einbezogen, alles freundlich, selbstverständlich und ohne besonderes Aufhebens.

Die Küche war der einzige warme Raum im ganzen Haus, das immerhin sechzehn Zimmer hatte, weil hier der Kamin brannte. Ein netter falber Jagdhund mit Schlappohren und struppigem Haar wedelte umher, zwei Katzen, silbergrau und schwarz, schmusten und schnurrten mit zugekniffenen Augen in einem Körbchen am Kamin. Ich setzte mich zu ihnen, um mir den Rücken zu wärmen. Dann bekamen wir Kaffee und Röstbrote mit Honig aus eigener Herstellung, in dem noch kleine Wachsstücke schwammen. Robertos Vater war draußen auf der Jagd, hatte aber schon früh am Morgen fürs Mittagsmahl einen Hasen präpariert, gefüllt und zugenäht, so daß er nun nur noch mit Hilfe einer Hühnerfeder mit Olivenöl bepinselt und in den Backofen geschoben werden mußte. Dazu sollte es Kartoffeln geben, die wir gemeinsam schälten und längs viertelten. Sie kamen zusammen mit einigen Rosmarinzweigen in den Ofen, ein Stockwerk unter dem Hasen auf ein eingeöltes Blech, und würden dann automatisch zur selben Zeit gar sein wie das Fleisch.

Wir gingen solange ins Freie, denn es war ja eine *giornata splendida,* ein strahlender Tag. *Davvero!* Herrliches Land! Sanft hügelig, von vielen Eichen bestanden, die hier kleine feste Blätter haben, jetzt bräunlich-gelb verfärbt, und dazwischen stehen die knorrigen, silbergrünen Olivenbäume. Das beste Öl Italiens wird hier gewonnen! Roberto erklärte uns, daß das Öl dort am schmackhaftesten ist, wo es auch mal kalt wird und der Ölbaum nicht ständig von der meridionalen Sonne verwöhnt wird. Die Pflanzensäfte müßten sich hier mehr anstrengen, und das brächte kräftigere Geschmacksstoffe hervor. Außerdem sorgen sich die Kleinbauern um jeden einzelnen Baum, und der Ertrag ist zu gering, um die Ernte industriell zu verarbeiten. Bald beginnt die Zeit des Olivenstreifens! Die Männer sitzen dann in den Bäumen, streifen die schwarzglänzenden prallen Früchte von den Ästen und werfen sie in das unterm Baum ausgelegte Tuch. Die Ernte bringen sie unverzüglich zum *frantoiano,* zum Ölmüller in die Ölmühle, die auf italienisch *frantoio* heißt. Und in ein paar Wochen ist das ganze neue Öl fertiggepreßt und abgefüllt. Teuer ist es, da ohne Maschinen alles länger dauert, schwieriger zu bewerkstelligen ist, und die Gesamtmenge so klein ist. Deshalb hat dieses Öl auf dem europäischen Markt keine Chance. Es bleibt hier sozusagen in der Familie, wird bei den örtlichen Ölfesten angeboten, bei denen es Ölproben gibt wie anderswo Weinproben, und wird an ein paar nahegelegene Trattorien verkauft.

Es sei denn, man schafft gleich den großen Sprung und wird Hoflieferant der englischen Krone! Prinz Charles nämlich, der bei seiner ersten Italienreise von der toskanischen Küche so begeistert war, daß er einen seiner Hofköche zur Fortbildung hierher geschickt hat, kam danach noch öfter, allerdings ohne Diana, nach Florenz, hat sich zu einem Olivenölkenner und -liebhaber entwickelt und läßt sich inzwischen regelmäßig mit den kostbarsten Ölen beliefern. Und welcher Gourmet täte es ihm nicht gleich, wenn er könnte!

Das Mittagessen wartete auf uns. Auf dem Küchentisch waren rotgemusterte Stoffsets gedeckt und darauf das schwere Steingutservice. Man kennt die Art: Weißer Grund und über und über unregelmäßig mit grünen Glasurspritzern gefleckt. So stand ein frischer Farbklang aus Grün, Weiß und Rot auf dem Tisch, eine kleine Reverenz an die italienische Flagge.

Jetzt im Winter gab es als *primo*, als Vorspeise, natürlich die toskanische *ribollita!* Man legt den Terrinenboden mit altbackenen Weißbrotscheiben aus. Darauf wird Gemüsesuppe geschöpft. Dann wieder eine Lage Brot, wiederum Suppe drüber und noch einmal, solange, bis die Schüssel gefüllt ist, zuoberst die Suppe. Das Brot saugt sich voll, man sticht sich den Brei ab und löffelt ihn, nachdem man etwas Olivenöl darübergegossen hat.

Im Winter wird dieses bäuerliche Gericht auch in Florenz in jeder Trattoria angeboten. Das Brot ist dann zwar schon untergemengt, und das ganze sieht nicht sehr appetitlich aus, ein graugrüner Brei, schmeckt aber vorzüglich. Fragen Sie, wenn man es Ihnen nicht sowieso stolz vor die Nase setzt, unbedingt nach dem neuen Öl, *l'olio nuovo*, das in den Gaststätten ab Januar in Extraflaschen bereitsteht. Ein guter Schuß Olivenöl *extra vergine* aus neuester Pressung gehört unbedingt über die *ribollita.* Am besten schmeckt das Öl übrigens, wenn es so jung ist, daß sich seine Schwebstoffe noch nicht gesetzt haben. Es sieht dann kräftig grün und trüb aus. Und wenn Sie neben dem herbfruchtigen Artischockenaroma auch noch ein Kratzen im Hals bemerken, so ist das völlig in Ordnung und erhöht den Genuß. Ein guter Grund, im Januar nach Florenz zu reisen!

Das Kaninchen, das Robertos Mutter nun aus dem Ofen zog, *il coniglio ripieno,* war mit Schinken, Speck und Leber, mit Eiern, Fenchel und Kräutern gefüllt. Dazu tranken wir einen Rotwein des Hauses, der auf dem nächsten Hügel gewachsen war. Das alles unter Geplauder, Rezeptaustausch, allgemeinen Überlegungen zur Kochkunst. Dann gab es unsere *biscotti di Prato* in einem 20prozentigen *Vin Santo,* den Roberto produziert hatte, und hinterher natürlich *espresso.*

Wir räumten das Geschirr in die Spülmaschine, *la mamma* zog sich zur Mittagsruhe in eines der 16 kalten Zimmer zurück, und der Hund wedelte erwartungsvoll. Wie ein Fohlen galoppierte er in großen Sprüngen um uns herum, als wir ins Freie traten, sein Fell glänzte in der Sonne, und in der Weite sah die Landschaft wie von einem Spinnennetz überzogen aus.

Wir spazierten durch die Weinberge, die der Familie gehören, schauten den zukünftigen Hühnerstall an, den Roberto gebaut hatte, und gingen ins Kelterhaus. Dort gluckerte, von einem Heizstrahler auf Temperatur gehalten, der Wein vor sich hin. Und weiter hinten, auf mehrere Räume verteilt, lagen Trauben, klein, rot und schwarz, auf Tischen ausgebreitet, oder an Haken von der Decke herabgehängt, um noch weiter zu trocknen und dann zu *Vin Santo* verarbeitet zu werden. Die Fenster werden morgens geöffnet, damit die Trauben schön viel Luft bekommen, und abends wieder geschlossen, damit sie nicht frieren.

Was für ein Bild! Durchs offene Fenster der Blick auf die besonnte bräunliche Landschaft, während innen, im Dunkel von der tiefstehenden Sonne angestrahlt, die zum Teil schon etwas verschrumpelten Trauben sanft erglühten.

Vor dem Haus hingen an einem Haken knallrote Zwergtomaten von der Decke, für die *pappa al pomodoro,* auch eine dicke Wintersuppe, eine Variante der *ribollita,* die aus Brot mit Tomaten gekocht wird.

Dann ging es wieder *a casa,* wo wir uns am Kamin aufwärmten.

Es polterte vor der Tür, *il babbo* kehrte von der Jagd heim. Er trat ins Haus wie aus einer anderen Welt. Aus der Männerwelt der Abenteurer, der nomadisierenden Jäger und Sammler. Nicht groß war er, aber stattlich und kräftig, in Stiefeln und Pullover, Jägerjacke, Fellmütze, ein Gesicht mit Bart, großer Nase, Schlitzaugen. *Un bell' uomo,* ein Mannsbild, das sich nach überstandener Gefahr wieder auf den warmen Herd und die weiche Welt der Weiblichkeit freute.

Die Sau hätten sie nicht gekriegt, erzählte er, denn ein Eber habe die Hunde angegriffen. Keine Jagdbeute heute.

Er streckte seiner Frau die geschlossene Faust

hin und lächelte sie verliebt an: *»Apri la mano!«* »Mach deine Hand auf!« befahl er. Dann ließ er ein paar glänzendbraune Edelkastanien, die er für sie im Wald gesammelt hatte, in ihren Handteller gleiten. Sonst nichts. La Signora schloß ihre Finger fest um den Schatz und blickte ihren alten Kavalier so selig an, als hätte er ihr gerade einen Diamantring zur Verlobung geschenkt.

Und genau so hatte er das wohl auch gemeint.

Lady Di und der Heilige Georg

Ein jugendlicher Held

Es war einmal ein Mädchen von 23 Jahren. Es hieß Lady Diana und war anscheinend glücklich mit Prinz Charles, dem Sohn der englischen Königin, verheiratet …

Das junge Paar plante eine Italienreise.

»La Nazione«, die Tageszeitung von Florenz, begann, zunächst sehr sacht, die Vorfreude zu schüren. Die erste Kunde erreichte Florenz am 16. März: Lady Diana und *il principe Carlo* planten für April eine Italienreise, hieß es ganz generell. Kurz darauf wurde ein erster Termin angegeben. Am 22. April würden sie in La Spezia ankommen und von dort ihre Reise beginnen. In diesem Stadium konnte *»La Nazione«* schon von einer *mobilitazione generale,* einer Generalmobilmachung der Land- und Wasserkräfte in La Spezia berichten, wobei die Marine am meisten zu bewältigen hätte, da sie die Yacht »Britannia« aufnehmen sollte, auf der das Prinzenpaar reisen würde. Außerdem wurde die Helikopterbasis von San Lazzaro mobilisiert für den Fall, daß das Pärchen sich über Land bewegen wollte. Dann der Nachsatz, der Florenz erbeben ließ: *»C'é chi dice* … es gibt Leute, die sagen, daß *lo sportivissimo Carlo e la sua luminosa metà,* daß der supersportliche Charles und seine strahlende zweite Hälfte, vielleicht auch einen Abstecher nach Florenz machen könnten …« Die

ersten Offiziere der Royal Airforce trafen in La Spezia ein, um, zusammen mit den höchsten Hierarchien der italienischen Marine, einen streng geheimen Sicherheitsplan auszuarbeiten. Auch von der vorgesehenen Reiseroute durch Italien drang kein Sterbenswörtchen nach draußen.

Erst in der Zeitung vom 6. April dann das endgültige Ja-Wort und das genaue Datum unter einem Photo von Diana im Abendkleid: »*Arrivano Carlo e Diana! In funzione telefono rosso tra Palazzo Vecchio e Londra!*« Sie kommen tatsächlich nach Florenz, schreibt »*La Nazione*« begeistert, das rote Telephon zwischen Palazzo Vecchio, dem Rathaus von Florenz, und London sei geschaltet. Ganze drei Tage lang, vom 23. bis zum 25. April würde sich das Paar in der Hauptstadt der Toskana aufhalten! Und aus London reisten die ersten *segugi,* die Spürhunde, die Detektive an, um die Stadt zu inspizieren.

Ich erinnere mich sehr genau daran, daß Florenz fast Kopf stand. Jeder einzelne Florentiner fühlte sich persönlich als Gastgeber auserwählt. Man vibrierte in freudiger Erwartung. Deshalb wurden die Bars geschrubbt, die Böden in den Kirchen blank gescheuert, die Altäre abgestaubt, die Brunnen geputzt, die Restaurierung und Säuberung der »Primavera« von Botticelli wurde im Eiltempo beendet, und das Meisterwerk wieder in die Uffizien gehängt, um es der Prinzessin vorzeigen zu können.

Der Direktor der Museen von Florenz arbeitete ein spezielles Besichtigungsprogramm aus, die Straßenkehrer fegten die Gosse mit ungeahnter

Innigkeit, der Bürgermeister von Florenz saß in seiner Amtsstube im Palazzo Vecchio, nagte unter den strengen Fresko-Blicken von Papst Clemens VII. am Bleistift und feilte an seinen Begrüßungsworten. Italiener sind ja in ihrer eigenen Sprache unvergleichlich gewandt und wortgewaltig, doch nahezu außerstande, andere Sprachen zu sprechen, wobei das Englische für sie mit zu den schwersten Übungen zählt!

Es sei an dieser Stelle, vorausgreifend verraten, daß der damalige Florentiner Bürgermeister Lando Conti schließlich mit folgenden Begrüßungsworten in die Geschichte unseres Jahrhunderts einging: »*Welcome to Florence. Siamo molto contenti di avervi nella nostra città!*« »Welcome to Florence. Wir freuen uns sehr, Sie in unserer Stadt zu haben!« Ach, auch egal, *non importa,* lieber ein perfektes Florentinisch als ein schlechtes Englisch!

Man würde Lady Diana eben einen sympathischen Empfang *all' italiana* bereiten, an den sie sich ihr Leben lang erinnern sollte! Man würde sie wie ein rohes Ei behandeln, sie umsichtig beschützen, auf Händen tragen, man würde ihr alles, was man hatte, Dom, David und Dante, garniert mit den Herzen der Florentiner, zu Füßen legen, und man würde vor den Augen der Weltöffentlichkeit eine *bella figura,* einen guten wenn nicht gar *un' ottima figura,* einen hervorragenden Eindruck machen! *Il sindaco Lando Conti* erklärte den Bürgern seiner Stadt, er werde seine »tiefe republikanische Überzeugung für ein paar Tage in einer Kiste verstauen«, da es ihm eine große

Befriedigung bedeute, die Vertreter der englischen Monarchie in der Hauptstadt der Toskana begrüßen zu dürfen. »Daß Lady Diana und *il principe Carlo* von einer 14tägigen Italienreise ganze drei Tage für Firenze vorgesehen haben«, sagte er damals, »ist eine Zeichen für die traditionell hohe Wertschätzung, die unsere Stadt im Hause Windsor genießt!«

Sämtliche Florentiner Mütter erbebten bei dem Gedanken daran, daß sie bald eine leibhaftige Prinzessin zu Gesicht bekommen würden, eine, die noch vor gar nicht langer Zeit auch nichts anderes gewesen war als ein Mädchen aus gutem Haus, ganz so, wie ihre eigenen Töchter!

»Non è solo una vera Principessa«, ergänzten die Männer, *»ma anche una v e r a bionda!«*. Lady Di war echtblond!

Kein Mensch machte sich Gedanken über Prinz Charles. Die Florentiner konstatierten nur, und beneideten ihn zugleich darum, daß er etwas zu alt für »ihre« Prinzessin sei, vor allem aber fanden sie ihn häßlich, *brutto come il diavolo,* oder *rozzo,* ungehobelt, roh, und das war in ihren Augen das Schlimmste, was man einer Frau, einer Prinzessin zumal, antun konnte. Zugleich gab diese Einschätzung allen Männern der Stadt die Möglichkeit, sich selbst mit ihren manikürten Händen als einen im Grund geeigneteren Partner an die Seite der Prinzessin zu träumen. An Selbstbewußtsein hat es den Florentinern noch nie gemangelt.

Vor allem aber wäre Florenz endlich einmal wieder für internationale Schlagzeilen gut, nachdem der einzige Prominente, der in den letzten

Jahren die europäische Öffentlichkeit interessiert hatte, der Pärchenmörder gewesen war. *Il mostro di Firenze,* der arglose Liebende in der Umgebung von Florenz meuchelte, und, des Grauens nicht genug, als Trophäe stets den Schamhaarskalp seiner Opfer mit sich fortnahm. Man hatte ihn noch immer nicht gefaßt. Nun aber würde es wieder schöne Nachrichten geben aus Florenz!

Am 12. April vermeldet *»La Nazione«,* für das königliche Paar werde die Italientour sicherlich zu einer Art zweiter Hochzeitsreise werden, für die Sicherheitsdienste aber bedeute sie eine Art Alptraum. Denn Tausende Italiener würden das Paar begrüßen wollen! Und, so reportiert *»La Nazione«* das Mißtrauen des englischen Hofes: »Werden die italienischen Bewunderer ihre Sympathiebekundungen in den engen Bahnen des Protokolls zu halten wissen?« Aufgrund dieser Ängste wurden neben den üblichen Sicherheitsdiensten noch extra Leibwächter in Zivil eingesetzt. »Wir sind sehr viel besorgter wegen der Latin Lovers als wegen der Terroristen«, gestand ein Beamter der königlichen Eskorte und erläuterte: *»Qualche Romeo dal sangue caldo,* irgendein heißblütiger Romeo könnte versuchen im Vorübergehen die Hände nach der Prinzessin auszustrecken, und unsere Aufgabe wird es sein, seine übermäßige Glut abzukühlen!«

Der englische Hof hatte höllische Angst vor den italienischen Paparazzi, den schamlosesten Photoreportern der Welt, und deckte Lady Diana mit Ratschlägen ein, wie sie es verhindern könnte, sich irgendwo irgendeine Blöße zu geben, auf die sich die italienischen Photographen mit südlichem Eifer stürzen würden. Das führte dazu, daß Lady Di dann in der Mailänder Scala nicht, wie erwartet und erhofft, schulterfrei erschien, sondern mit langen Ärmeln! Ein Seufzer der Enttäuschung, ja es grenzte an nationale Empörung, lief den italienischen Stiefel hinunter und wieder hinauf, und irgendwer brachte die Prinzessin sogar dazu, sich zu rechtfertigen: Wenn sie tief dekolletiert gekommen wäre, erklärte sie, hätten die vielen Italiener, denen sie die Hand geben mußte, vielleicht nicht gewußt, wo sie hinfassen sollten, oder im Gedränge hätte jemand ihre nackte Haut berührt, und das wäre doch sehr peinlich gewesen. *»La Nazione«* schrie auf: *»Ma come veste questa principessa!* Wie zieht sich diese Prinzessin bloß an!«

Lord Snowdon hatte aus Anlaß der Italienreise extra eines seiner netten, spießigen Portraits des Paares angefertigt, das offizielle »Reisephoto«, mit dem die italienische Presse abgespeist wurde, die sich von den Sicherheitsdiensten und dem Pressedienst, *servizio stampa,* der vom Buckingham Palast aus gesteuert wurde, sowieso schon unmäßig geknebelt fühlte.

Vier Detektive von Scotland Yard, die Herren Colin Trimming, Graham Smith, Alan Peters und Tony Parker, die wir in *»La Nazione«* namentlich vorgestellt bekamen, reisten an, besichtigten und untersuchten alle Orte, die das Prinzenpaar betreten würde, vorab und hatten den Spezialauftrag, Lady Diana vor möglichen Attentätern zu schützen, versprachen aber, so diskret wie möglich zu arbeiten.

Bleibt noch zu erwähnen, daß die Gestaltung des Speiseplans für die hohen Gäste einige Probleme mit sich brachte. Denn während der ganzen 14 Tage, die Lady Di und Prinz Charles in Italien verbrachten, durfte ja keines der gebotenen Menüs einem anderen gleichen. Und das war umso schwieriger zu arrangieren, als *il gusto spartanico,* der spartanische Geschmack des Paares, die Italiener nicht zu voller Form auflaufen ließ. Prinz Charles und seine Frau ernährten sich fast ausschließlich vegetarisch! Also gab es auch beim Festbankett in Florenz, das im Liliensaal des Palazzo Vecchio stattfand, keine *bistecca fiorentina,* das berühmte rund 250 Gramm schwere Rindersteak, sondern eine weitere der zahllosen Varianten aus Fisch und Gemüse und Melonenbällchen zum Nachtisch.

In diesem ganzen aufgeregten Vorbereitungstrubel setzten die Florentiner Museumswärter gekonnt ihren Hebel an. Soeben war nämlich beschlossen worden, die Museen der Stadt nachmittags zu schließen, um Stellen einzusparen. Nun drohten die Museumswärter einen Generalstreik für den 24. April an: *»I musei di Firenze chiusi per Lady Diana?«* titelte *»La Nazione«*. Aber nein: Soweit kam es nicht. Die Forderungen wurden umgehend erfüllt, und das Ministerium stellte sogar gleich 200 neue Museumswärter ein: *Grazie, Diana!*

»Domani a Firenze! Morgen in Florenz!« heißt es schließlich am 21. April. Der Marchese Emilio Pucci von Florenz, der zu Ehren des Prinzenpaares ein Abendessen veranstalten wird, nimmt die Gelegenheit wahr, seinen Mitbürgern ein letztes

Mal ins Gewissen zu reden: »Ich hoffe sehr, daß es den Florentinern gelingen wird, sich auf sympathischste und würdigste Weise ins Gedächtnis des hohen Besuchs einzugraben!«

Schließlich und endlich: *»Carlo e Diana sono fra noi!* Sie sind unter uns!« Am 22. April 1985 um 15 Uhr 40 wurden Charles und Diana vom Präfekten Mannani und vom Bürgermeister Conti am Flughafen Perétola empfangen, nachdem das Prinzenpaar den Vormittag noch mit Staatspräsident Cossiga auf Sardinien verbracht hatte. Nun durfte Stefano Conti, der jüngste Sohn des Florentiner Bürgermeisters, Lady Diana ein Rosensträußchen überreichen, Lando Conti sagte seinen schicksalsschweren Begrüßungssatz, und dann geleitete er Lady Di und Prinz Charles im Repräsentations-Maserati zur Villa La Pietra, in der Sir Harold Acton lebt, bei dem die englischen Gäste während ihres Florenzaufenthalts Wohnung fanden. Bemerkenswertes Detail am Rande: Sir Acton ist nur einer von rund 3000 Engländern, die sich rund um Florenz in einer kleinen Kronkolonie niedergelassen haben.

Fast unmittelbar unter den Schnappschuß, der am folgenden Tag die Ankunft von Charles und Diana in der Zeitung dokumentierte, hat ein unbedachter Setzer folgenden Aufruf plaziert: *»Attenti al mostro!* Vorsicht vor dem Monster! Der Oberstaatsanwalt empfiehlt allen Pärchen: Isoliert euch nicht!«

Während all dies geschah, wohnte ich bei Giovanna, einer Malerin. Wie so viele junge Leute hatte sie von ihren Eltern eine kleine Eigentumswohnung gekauft bekommen, da es fast unmöglich war, in Florenz eine Wohnung zur Miete zu finden.

Extrem mieterfreundliche Gesetze hatten den Eigentümern die Lust am Vermieten so gründlich verdorben, daß Wohnungen eigentlich nur noch zum Kauf angeboten wurden.

Giovanna vermietete nun – ohne Vertrag – eines ihrer Zimmer unter und verdiente sich auf diese Weise etwas zum Leben. Ihr Diplom hatte sie an der Kunstakademie abgelegt und sich bislang mit Zeichenunterricht durchgeschlagen, den sie an freien Kunstschulen anbot. Sie war eine hochtalentierte Künstlerin mit einer Vorliebe für Frauen in ihrem Leben und für weibliche Körperformen in ihrer Kunst. Das Zimmer in ihrer Wohnung hatte ich allein dem Umstand zu verdanken, daß ich zufällig einer verflossenen Liebe ähnlich sah.

Wenn ich mich morgens mühsam aus den Federn gequält hatte und in die gemeinsame Küche tappte, um mir einen *espresso* zu kochen, saß Giovanna schon fertig angezogen und perfekt geschminkt am Küchentisch, hatte eine lange Menthol-Zigarette zwischen den Lippen und arbeitete.

Für das Istituto Conte Guelfi, das seinen Sitz in einem düsteren Palazzo hinter Santa Croce hatte, fertigte sie Zeichnungen an. Dieses Institut war und ist darauf spezialisiert, Ahnenforschung zu betreiben. Daneben lag ein zweites, das Istituto Araldico Coccia, das auf dieselbe Dienstleistung spezialisiert war und ebenfalls bis heute ausgezeichnet davon lebt. Vor Anfragen aus Florentiner Kreisen, aber auch von Ausländern, die nach ihren Florentiner Wurzeln fahndeten, konnte sich das Istituto Conte Guelfi kaum retten. Anhand alter Stadt- und Kirchendokumente wurden die Familien über viele Generationen zurückverfolgt, und fast immer stieß man irgendwo auf adlige Vorfahren. Es war kaum zu glauben: halb Florenz war demnach *nobile.* Und selbst wenn sich keinerlei Adel ausmachen ließ, dann spürte man doch irgendein Familienwappen auf, und wenn auch das nicht zu finden war, so hatte man ja Giovanna engangiert, deren künstlerischer Genius den Mangel an historischen Zeugnissen wettmachte. Sie malte und erfand, falls erforderlich, Wappenbilder. Auf unserem Küchentisch entstanden die hübschesten bunten Kombinationen aus kleinen Monden und Sternen und ein ganzer Zoo aus winzigen Löwen, Hermelinen, Wölfen, Leoparden, Schwänen – was sich halt so für Wappen eignete –, dazu bunte Streifen, Schachbrettmuster, gekreuzte Schwerter in Silber und Gold.

Giovanna arbeitete konzentriert und sauber mit dünnen Marderhaarpinseln auf gelblich getöntem Papier. Die Klienten des Heraldik-Institutes erhielten, wenn sie das wünschten, zu einer neutralen Urkunde ihre Familienwappen in schwarz-weiß oder in Farbe. Giovanna erklärte mir, sie wünschten es immer farbig, um es sich hinter Glas in den Flur zu hängen. Die aktuellen Preise für ein Familienwappen in Postkartengröße belaufen sich heute auf 120.000 Lire in Schwarzweiß und 170.000 Lire in Farbe. Für einen Nobilitätsnachweis mit Wappen und Stammbaum, handschriftlich, in gebundener Form, muß man derzeit knapp 500.000.000 Lire ausgeben. Will man den Text auf Englisch, legt man noch einmal 500.000 Lire drauf.

Giovanna verdiente damals an einem Blatt 12.000 Lire. Sie mußte sich also ordentlich ranhalten, um genügend Geld im Monat zusammenzukriegen, und das tat sie. Sie hatte schon fast zwei Stunden gearbeitet, bevor sie ihren zweiten *espresso* mit mir zusammen trank. Dabei berichtete sie mir ausführlich von ihren nächtlichen Träumen, analysierte sie mit verschiedenen Interpretationsansätzen und erklärte mir dann, welche Gestirnkonstellation gerade über ihrem Haupt dräute, und welcher Planetentransit dafür verantwortlich war, daß sie heute so oder so gelaunt war. Die eher mechanische Produktion von Wappenbildern ließ ihr genügend inneren Spielraum, sich intensiv mit der Entwicklung ihres Ego zu befassen.

An jenem denkwürdigen Tag hatte Giovanna ihre gemalten Wappenbilder mittags im Institut abzuliefern. Zuvor kochte sie sich noch eine dicke Kartoffel und aß sie zusammen mit etwas Mailänder Salami, die sie zärtlich *salamino* nannte, zu Mittag. Dann gingen wir gemeinsam ins *centro,* weil ich in der Biblioteca Nazionale, die gerade neben Santa Croce liegt, ein paar alte Manuskripte durchzusehen hatte.

Die Innenstadt war gestopft voll. Prinzessin Diana und Prinz Charles befanden sich auf Besichtigungstour in der Innenstadt! Natürlich waren Giovanna und ich damals noch viel zu cool, um uns für Prominenz aus obsoleten Gesellschaftsformen zu erwärmen, doch kurz bevor sich die Piazza Santa Croce öffnete, gerieten wir in einen Sog, aus dem wir uns nicht mehr befreien konnten, eine gewaltige, drängende Menge Schaulustiger, die uns durch eine enge Gasse vorwärtsschob, bis sie sich auf die riesige Piazza vor der Franziskanerkirche ergoß. Wir versuchten weiterzukommen, ergaben uns aber auf halber Strecke in das Schicksal, auch nur ein Teil der anonymen Masse Mensch zu sein, blieben stehen und warteten wie alle anderen.

»*Sono già dentro!*« klärte uns eine ältere Dame auf. Ihre Augen funkelten. Sie hatte ihr Lederwarengeschäft geschlossen und stand vor der Ladentür auf einer Bank, die sie ein wenig über die Menschenmenge erhob. Lady Diana und Prinz Charles befanden sich also bereits in der Kirche von Santa Croce. Die Portale waren hermetisch verschlossen. Auf dem Treppenabsatz davor patrouillierte ein Sicherheitsbeamter. Die Sache zog sich ziemlich in die Länge, während sich das Volk mit Florentiner Liedern, lautem Geschwatze und kleinen Tanzeinlagen die Zeit vertrieb. Im Mittelalter waren auf diesem Platz Ritterturniere abgehalten worden, seit der Zeit der Renaissance versammeln sich hier im Juni dreimal die Kämpfer des Santa-Croce-Viertels für den traditionellen *Calcio storico fiorentino,* ein rüdes Ballspiel in historischen Kostümen, ursprünglich ein Kräftemessen der adeligen Jugend, das regelmäßig in riesige Prügeleien ausartet, so daß es immer mal wieder verboten werden muß. Und die Medicifürsten haben auf diesem größten Platz von Florenz an *carnevale* ihre *trionfi,* Triumphzüge, mit dekorierten Wagen veranstaltet, auf denen verkleidete Florentiner komplizierte philosophische Allegorien darstellten. Wenn das Massenwarten heute Volksfest-Charakter annahm, so hatte das also seine historisch begründete Richtigkeit, zumal die weite Fläche sonst fast immer brachliegt, und nur von ein paar *ragazzi* aus dem *quartiere di Santa Croce* zum Fußball- oder Frisbee-Spielen genutzt wird.

»Vielleicht ist Lady Di ja gar nicht in der Kirche drin«, bemerkte ich ketzerisch zu Giovanna, »und es war alles nur eine Finte von Scotland Yard, um die Leute abzulenken?«

Ein junger Mann drehte sich neugierig zu uns um. Er wisse genau, daß sie drin sei, sagte er mit Nachdruck. Ich wäre wohl Ausländerin? Und umgehend eröffnete er das Ritual eines kleinen Flirts, der von diesem netten Interesse, das Italiener grundsätzlich fremden Menschen entgegenbringen, getragen war. Er war etwas jünger als wir, vielleicht Mitte zwanzig. Großgewachsen, kräftig, hübsch, mit einem Kindergesicht und weichen Locken. Als er hörte, daß ich aus Deutschland kam, aber Italienisch sprach, machte er mir die üblichen Komplimente, die man hier so großzügig geschenkt bekommt, selbst wenn man die Landessprache nur radebrechen kann. Er heiße Enrico, erklärte er, und sei in offiziellem Auftrag hier: »Polizei!« Er senkte seine Stimme. Er sei als *guardia del corpo* von Lady Diana eingeteilt worden. Ich glaubte ihm kein Wort. Welcher echte Bodygard würde, bitteschön, seine geheime Mission zwei wildfremden Frauen auf die Nase binden!? »*É vero!*« insistiert der Junge und grinste. »Wollt ihr mal mein *pistoletto* sehen?«

Alles klar: Ein Schwein, ein Exhibitionist! Ich wendete mich entsetzt ab, während er an seinem Jacket herumfummelte.

Giovanna sah ihn unbeeindruckt an und dann stieß sie mich in die Seite. Der Junge hatte sich dicht vor uns postiert, die Jackethälften wie Flügel auseinandergebreitet und darunter schimmerten matt zwei gefährliche Revolver im Schultergurt. Einer unter der linken Achsel, der andere auf Hüfthöhe. Ich schnappte nach Luft. Vielleicht war er ein Verrückter, womöglich war er das lange gesuchte Monster von Florenz, der Pärchenmörder, der es nun auf das Prinzenpaar abgesehen hatte! Oder er würde in der Menschenmenge Amok-laufen, würde gleich ein riesiges Blutbad anrichten, die Piazza Santa Croce ein rotes Meer ...! Vielleicht aber war er auch nur auf Touristenjagd und hatte sich deshalb bei mir schon mal vorsorglich nach meiner Herkunft erkundigt?

Ich versuchte mich heimlich von ihm wegzubewegen, aber die Menschenmenge verstellte mir den Fluchtweg. Giovanna blieb völlig gelassen. Wahrscheinlich hatte sie morgens in den Sternen gelesen, daß das Schicksal für mich heute das Ende meines irdischen Daseins vorherbestimmt hatte, es mir aber aus Rücksicht nicht mitgeteilt, damit ich meine letzten Stunden noch unbeschwert genießen konnte.

Ein Aufschrei lief durch die Menge: Das Kirchenportal wurde aufgeschoben, und klein wie Zwerge erschienen in der riesigen schwarzen Maueröffnung Lady Diana, Prinz Charles, der Bürgermeister von Florenz und noch ein Begleiter, wahrscheinlich der Direktor der Florentiner Museen, und Maria Fossi Todorov, die die kunstgeschichtlichen Führungen übernommen hatte. Ich konnte die Zähne des Bürgermeisters blitzen sehen, der seinen Mund vor lauter Begeisterung nicht mehr zubekam. Florenz klatschte Beifall, hopste in die Höhe, in einer Ecke wurde mit diesem unglaublichen Akzent »God save the Queen« angestimmt und wieder abgebrochen, einzelne Schreie, »Diana I love you«, *»ti amo,* Diana!« stiegen in den Himmel, »Diana, *sei splendida!* du bist wunderbar!« Lady Diana, die nicht nur ihren Mann, sondern auch den Bürgermeister von Florenz weit überragte, winkte und lächelte so süß, daß unsere Coolness im Nu dahingeschmolzen war.

Dann ging alles sehr schnell. Der schwarze Maserati war vorgefahren. Das Prinzenpaar stieg ein, der Wagen fuhr zügig los und nahm Kurs auf die Seite, an der wir standen.

Eine feste, entschlossene Hand schob mich zur Seite. Es war Enrico! Er hatte jetzt seine Augen überall, die Hand am Jackenrand. Er machte Platz für Lady Diana. Er kontrollierte die Menschen, ihre Hände, ein Blick hoch zum Fenster des Palazzos hinter uns, wo ein Kollege saß, der Wagen näherte sich langsam, Enrico ging dicht heran, lief eine Strecke nebenher, schützend und abwehrend, ja kampfbereit. Sein Blick war so wach, so konzentriert! Bei der geringsten Gefahr würde er sich vor die Prinzessin werfen, würde sich klaglos die Brust durchlöchern lassen. Enrico war ein Held. Jung, naiv und todesmutig.

Ich war so gebannt von Enricos Einsatz, daß ich von Lady Diana und Prinz Charles, die ganz dicht an uns vorüberfuhren, nur einen flüchtigen Eindruck erhaschte. Die Lederwarenverkäuferin aber hatte sie mit ihrem kleinen Photoapparat verewigt und versprach mir einen Abzug.

Jetzt, nach Lady Dianas Tod, muß ich oft an Enrico denken. Wie schade, daß sie ihn nicht kennengelernt hat! Sie hätte ihn in Dauerstellung übernehmen sollen, denn ohne Bedenken hätte er sein Leben für sie hingegeben. Jederzeit. Und wer weiß, ob nicht ihr ganzes Leben eine andere Wendung genommen hätte?

Ich habe Enrico nie wiedergesehen.

Als ich aber kürzlich von der Via Calzaiuoli rechts einbog, stand er plötzlich in einer Marmornische der Kirche Orsanmichele vor mir. Ich war mir ganz sicher. Er hat sich in all den Jahren überhaupt nicht verändert: Dieselbe Jugend, dieser naive Ausdruck, die kindlichen Locken und diese männlich entschlossene, ritterliche Haltung. Nur hatte er Jeans und modisches Jacket abgelegt und war in eine Rüstung des 15. Jahrhunderts geschlüpft, und seine Heldentat, die Errettung der schönen Prinzessin vor dem Drachen, war, ihm zu Füßen, in Marmor gemeißelt: Der Heilige Georg (1416) von Donatello!

Lo scoppio del Americano

In Florenz ist Ostern ganz anders

Lo Scoppio Del Carro, der an Ostern veranstaltet wird, ist eine alte Florentiner Tradition, ist eine Touristenattraktion, ist eine Kuriosität, ist Massenwahn, ist Delirium, ist ungefähr der größte Gegensatz, den man sich zum treudeutschen Osterfest denken kann. Zu unserem artigen Osterhäslein, das Männchen macht und sich abrackert, um allen Menschenkindern etwas Feines zu bringen und seine eigenen unmündigen Hasenkinder mitarbeiten läßt. Ab- und Vorbild des deutschromantischen Familienkults: all die blanken Kinderaugen, die liebevolle Osterbastelei von Mutterhand, das rührende Gekleckse von Kinderhand auf dem Frühstücksei. Der frische Duft des Grases im Garten des Eigenheims, und, jenseits des Jägerzauns, der Nachbar mit demselben Arrangement. Das deutsche Ostersonntagsfrühstück, das Osterkörbchen, das Ostergras und, ja, wenn möglich auch noch der vom Frühlingswind herübergewehte Klang der Kirchenglocken für diese unbestimmte Sehnsucht in der Brust: Gehobene Festtagsstimmung, die seltene Ahnung von einer liebevoll schützenden Hand, Frühlingsgefühle und deutsche Innerlichkeit.

Dagegen nun dies: *la colomba* aus der Konditorei, Hefeteig in Form einer dicken Taube gebacken, und in jeder Bar halbmeterhohe Schokoladenostereier, bis zur Unkenntlichkeit mit Cellophan, Silberpapier und Schleifen zudekoriert. Wer seiner Liebsten eine Osterüberraschung bereiten möchte, kauft ein schickes Geschenk, gern ein duftiges Dessous, und gibt einer renommierten *pasticceria* den Auftrag, ein Schokoladenei drumherum zu bauen.

Das stets verschlossene Mittelportal des Domes Santa Maria del Fiore steht am Ostersonntag offen. Das Osterfest ist eine öffentliche, keine intime Angelegenheit. Zwischen Dom und Baptisterium sind Tribünen für die zahlenden Zuschauer des Spektakels aufgebaut, seit dem frühen Morgen schieben sich Menschenmassen durch die Innenstadt, umströmen den Dom, füllen jeden freien Raum, drängen nach und nach ins Innere, in dessen Mitte vom Hauptaltar bis hinaus durchs Portal eine Schneise abgesteckt ist, die keiner betreten darf.

Lachen, Kichern, Kinder mit Luftballons rennen einander nach, raus zur Tür und wieder hinein, schreien nach ihren Eltern, die sich laut mit Bekannten austauschen, Touristen drängeln vor, möglichst nah an die abgesperrte Schneise, die Saison in Florenz läuft ab Ostern auf Hochtouren, und wenn endlich die Ostermesse beginnt, hört keiner zu, denn man wartet einzig auf *lo Scoppio Del Carro*.

Das ganze Wohnhaus, in dem ich lebte, war ausgeflogen, um *Pasqua a Firenze* zu feiern. Bis auf Assunta und mich. Ich hatte Ostern schon im Vorjahr miterlebt und keine Lust mehr auf drängelnde Touristen und heilige Feuervögel. Assunta ihrerseits ging nach Möglichkeit überhaupt nicht aus dem Haus und schon gar nicht an Ostern. Sie lud mich ein, ein wenig mit ihr fernzusehen. Die alte Frau stammte aus Sizilien. Nach dem schweren Erdbeben im Süden Italiens hatte ihre Nichte, die zwei Etagen über uns wohnte, Assunta hergeholt, und irgendwie ist sie in Florenz hängengeblieben.

Maria war damals in den Süden gefahren und hatte im Katastrophengebiet nach ihrer Großtante gesucht. Schließlich hatte sie Assunta in einem Meer aus Schlamm und Schutt gefunden, wo sie wie vom Donner gerührt vor ihrem zerstörten Hof saß, ein Schwein fest im Arm. Es war der einzige Besitz, der ihr geblieben war. Assunta ließ sich, noch im Schock, dazu überreden, für die Zeit, in der ihr Haus wieder aufgebaut werden sollte, zu ihrer Nichte und deren Mann nach Florenz zu ziehen. Das Schwein mußte in Sizilien bleiben. Assunta fiel der Abschied von ihrer Heimat schwer. Aber in einen Container ziehen wollte sie erst recht nicht.

Wer damals in Süditalien und Sizilien seine Behausung verloren hatte, wurde vorläufig im Wohncontainer oder Campingwagen untergebracht. Dort aber gelang es den Menschen so unerwartet schnell, sich dank ihres enormen Improvisationstalents recht angenehm einzurichten, daß sie Gefallen an ihrer neuen Lage fanden, und Räumungsarbeiten und Wiederaufbau durch diese typisch südländische Form heiterer Resignation nicht recht in Schwung kamen. Dazu trug auch bei, daß Hilfsgüter schon im unteren Drittel des italienischen Stiefels versackten, und Freiwillige der Gattung »hilflose Helfer« aus ganz Europa die Arbeiten mehr behinderten, als sie gezielt und tatkräftig voranzutreiben.

Die alteingesessenen Florentiner Hagestolze hatten keinerlei Verständnis für die Lebensart ihrer Landsleute im Süden.

Jedenfalls blieb Assunta sehr, sehr lange in Florenz, und das war für alle Beteiligten nicht einfach. Maria und ihr Mann waren ein modernes Florentiner Ehepaar. Beide Lehrer, Linksintellektuelle, kinderlos, die sich nun plötzlich mit dem anderen Italien, *il meridione,* konfrontiert sahen. Natürlich wollten sie helfen, und es war für Maria, die selbst aus dem Süden stammte, gar keine Frage, daß sie sich jederzeit auch für entfernte Familienmitglieder einsetzen würde. Sie hatte also für Assunta eines der drei Zimmer ihrer Wohnung hergerichtet. Assunta, die sich erkenntlich zeigen, aber auch beschäftigt sein wollte, sollte den beiden Berufstätigen den Haushalt führen.

Nun war das junge Paar daran gewöhnt, sich in der Mittagspause rasch ein paar Spaghetti zu kochen, sie mit einer Fertigsauce aus dem Supermarkt zu übergießen, einen kleinen *espresso* hinterher zu kippen und dann in die zweite Tageshälfte zu jagen. Ein Lebensstil, den Assunta nicht verkraften konnte. Sie brach regelmäßig in Tränen aus, wenn es ihr verwehrt wurde, die *pasta* mit der Hand herzustellen! Spaghetti aus der Tüte bedeuteten für sie eine Schmach. Wenn Assunta nicht zweimal täglich ein komplettes Menü aus reinen Rohmaterialien herstellen konnte, war sie unweigerlich auf Entzug!

Sie wurde übellaunig, sprach Verwünschungen aus, weinte herzerweichend, tobte und tyrannisierte ihre armen Verwandten. Ihr Lebensinhalt, ja die Grundlage ihres Daseins konnte ihr auf diese Weise an einem einzigen Tag verloren gehen. Maria und ihr Mann gerieten dadurch in eine schreckliche Zwickmühle. Sie wünschten zwar, daß es der Großtante wohl erging, konnten aber ihre Mittagspause nicht einfach auf jene zweieinhalb Stunden ausdehnen, die sie benötigt hätten, um Assuntas Kochkünste angemessen zu würdigen. Maria fürchtete zudem um ihre gute Figur, und ihr Mann hatte schon nach zwei Wochen sichtlich zugenommen. Das Problem war heikel, ja existentiell, und sicherlich nicht mit einem Gespräch aus der Welt zu schaffen.

Die kluge Maria ersann deshalb folgende List: Sie schaffte für Assuntas Wirtschaft zahlreiche Küchengeräte an, die sie in ihrem modernen Zweipersonenhaushalt nie und nimmer gebraucht hätten; wie etwa eine Nudelmaschine mit vielen verschiedenen Einsätzen, große Kasserollen für Schweinebraten, ein Gerät zum Entsteinen von Oliven und einen Spezialtrichter zum Umfüllen von hausgemachtem Tomatenmark. Manche Gerätschaft, die Assunta für ihr Lebensglück benötigte, mußte aus Sizilien importiert werden, weil sie in ganz Florenz unbekannt war. Ein Schatz unverfälschter Naturalien wurde in die Speisekammer eingelagert. Doch erhielt Assunta diese Ausstattung allein unter der Bedingung, daß sie sich auf den Kompromiß einließ, nur *einmal* täglich, nämlich am Abend, zu kochen.

Assunta willigte ein. Doch schien das Einhalten des Gebots für sie eine solch hohe Anforderung darzustellen, daß die beiden jungen Leute es vorsorglich vermieden, mittags zu Hause aufzutauchen, weil sie Assuntas Wut- und Trauerausbrüche fürchteten, falls sie es doch einmal wagten, sich schnell selbst ein paar Nudeln aus der Tüte in den Topf zu werfen, bevor Assunta ihren Fürsorgetrieb ausleben konnte. Sie zogen es deshalb vor, über Mittag in der Schule zu bleiben und in der Kantine zu essen.

Wenn ich Assunta im Treppenhaus traf, war sie immer bemüht, eine kleine Konversation mit mir anzuzetteln. Sie fand es interessant, Kontakt zu einer Ausländerin zu pflegen, wobei sich zeigte, daß ich die erste Ausländerin war, die sie aus der Nähe sah, und daß zugleich ihre Vorstellungen darüber, wie Deutsche so sind, ziemlich festgefügt waren. Es bedurfte zum Beispiel nachhaltiger Überzeugungsarbeit, bis sie mir glaubte, oder zu glauben vorgab, daß ich tatsächlich ohne Mercedes nach Florenz gekommen war, und daß meine Familie auch in Deutschland keinen besaß.

Ich verstand Assunta nur schwer, einerseits, weil ihr sizilianischer Akzent vom Florentinischen sehr verschieden war, vor allem aber deshalb, weil sie mit mir nur in Infinitiv-Formen, die sie mit nachdrücklichen Gebärden untermalte, sprach. Es war eine Art Dada-Poesie, an der mir schnell deutlich wurde, wie man sich umgekehrt als »Gastarbeiter« in Deutschland fühlen mußte.

Assunta machte das so: Sie umkreiste zum Beispiel ihren Kopf mit einer Hand, um mir zu zeigen, worauf sie sich bezog. Dann sagte sie: »*Testa, capelli, parrucchiere, far bene*!« Strahlte mich an und wiederholte diese Worte mindestens viermal: »Kopf, Haare, Friseur, gut machen!« Es beeindruckte sie überhaupt nicht, daß ich ihr in fließendem Italienisch antwortete, daß es mich freute, wenn ich ihr gefiele; wann ich beim Friseur gewesen sei, wie er hieße, wo sein Salon läge et cetera. Assunta blieb eisern bei ihrer Spezialsprache für Ausländer. Die Situation spitzte sich zu, änderte sich jedoch keineswegs, als meine Zimmerwirtin Marida zu uns trat. Marida spürte zwar meine Verlegenheit, respektierte jedoch zugleich Assuntas Eigenart und machte sich nun, nach beiden Seiten ausgesucht höflich, daran, mir Assuntas Ausländer-Italienisch Satz für Satz in ein fließendes Florentiner-Italienisch zurück zu übersetzen. Die Szene war bühnenreif: Assunta stellte die Sprach-Brocken her, von denen sie ein für allemal entschieden hatte, sie seien das geeignete Kommunkationsmittel für den Umgang mit Ausländern, und warf sie mir zu. Marida formte aus dem losen Stückwerk wieder italienische Sätze, die ich verstand und auf Italienisch beantwortete, woraufhin Assunta die nächsten Brocken losschoß. Assunta konnte sich auch immer und immer wieder aufs Neue über meine dunklen Haare und Augen wundern. Da die Menschen nördlich der Alpen grundsätzlich blond und blauäugig zu sein hatten, mußte ich ihrer Meinung nach irgendeinen *antenato*, einen Vorfahren, in Italien besitzen.

Assunta aus Sizilien entstammte wahrhaftig

einer Welt, die von der ihrer Florentiner Nichte weiter entfernt war als die meine.

Beim nächsten Treff im Treppenhaus erzählte ich ihr, ich könnte gerade nicht weiterstudieren, weil ich ein wichtiges Buch nicht mehr fände. Assunta kniff die Augen zusammen, als hätte sie die Lage längst durchschaut, hob das Kinn und erklärte mir, sie wisse Mittel und Wege, dem Leibhaftigen das gestohlene Buch wieder zu entreißen.

In Assuntas Welt ist es ist nämlich so, daß nicht etwa der Mensch, schuldhaft, etwas verlegt oder gar verliert, sondern es ist stets ein Teufel, der sich der Dinge bemächtigt! Assunta bot mir in der Sache ihre Hilfe an. Ich bat sie also in Maridas Wohnung und führte sie in mein Zimmer. Neugierig guckte sie sich um und linste sogar unters Bett, vielleicht, um zu sehen, ob ich nicht doch irgendwo meinen Mercedes versteckt hielt. In der Mitte des Raumes stand ein großer quadratischer Tisch, der mir, an seinen vier Seiten, zu unterschiedlichen Zwecken diente: Zum Schreiben, zum Malen und zum Essen. Assunta nickte zufrieden, stürmte auf das schmale Tischtuch los und knotete es entschlossen an einem Stuhlbein fest. Jetzt sei der Teufel gebannt, sagte sie befriedigt, klappte Ring- und Mittelfinger beider Hände in die Handflächen, sodaß ihre Hände wie Teufelsköpfe mit Hörnern aussahen und überkeuzte dann die Handgelenke, als wären sie gefesselt. Jetzt bräuchten wir nur noch die Hilfe eines Heiligen, erklärte sie, senkte das Kinn und faltete fromm die Hände, damit ich sie verstand. Assunta holte tief Luft und rief inbrünstig: »*Aiutami Sant'Antonio*« – »Heiliger Antonius hilf!« Sie lauschte dem Nachklang ihrer mächtigen Stimme, nickte mir aufmunternd zu, guckte noch einmal in alle Winkel meines Zimmers und ging. Den Knoten dürfte ich erst lösen, wenn der Teufel das gemopste Buch wieder 'rausgerückt hätte, schärfte sie mir ein, während ich sie zur Tür begleitete.

Kopfschüttelnd und mit dieser arroganten Mischung aus Hochmut und Nachsicht im Herzen kehrte ich in mein Zimmer zurück und betrachtete belustigt den Knoten am Stuhlbein. Da fiel mein Blick weiter hinten auf das Bücherregal an der Wand. Mein Herz tat einen Sprung, denn dort streckte mir das verloren geglaubte Buch seinen roten Rücken entgegen. Wie oft war ich in den letzten Tagen vor dem Regal gestanden und hatte erfolglos nach ihm gesucht! Ich griff rasch zu. Verdattert knotete ich das Tischtuch los und strich den Stoff mit klammen Fingern glatt, wobei ich mir den leichten Schwefelgeruch, der von ihm aufstieg, mit Sicherheit nur eingebildet habe.

Noch heute wende ich Assuntas Trick erfolgreich an. Er funktioniert auch in Deutschland. Dem Teufel und dem Heiligen scheint es völlig egal zu sein, ob man an sie glaubt oder nicht. Maria und ihr Mann berichteten mir übrigens, daß Assunta auf dieselbe Weise auch zahlreiche Kugelschreiber, Füllfederhalter und Notizbüchlein, die typischen Gegenstände, die in einem Lehrerhaushalt die Neigung haben, spurlos zu verschwinden, wieder zu Tage gefördert hatte.

Assuntas Weltbild war präzise umrissen und in sich wohlgeordnet. Das Florentiner Osterspektakel hatte darin absolut keinen Platz. In ihrem System nämlich war *lo Scoppio Del Carro* ein heidnischer und gotteslästerlicher Brauch.

Assunta schaltete am Ostersonntagmorgen gläubigen Herzens den Fernsehapparat ein, um den Papst und die Menschenmassen auf dem Petersplatz in Rom zu sehen. Kaum erschien der Heilige Vater auf dem Bildschirm, warf sie sich vor dem Fernseher auf die Knie und beugte das Haupt fast bis zum Boden. Von unten schielte sie hinauf, um das weitere Geschehen zu beobachten. Als es sich ankündigte, daß der Papst gleich seinen Segen spenden würde, schrie sie im rechten Augenblick kurz vorher so laut, als sollte Papa Woytila sie per Direktempfang auf seinem Balkon hören: »*Salvami Santo Padre!*« – »Errette mich, Heiliger Vater!« und reckte dem Bildschirm ihren Scheitel entgegen. Und siehe, der Papst erhob seine Rechte und segnete Assunta persönlich, aus unmittelbarer Nähe, war ihr um so viel näher als all den Menschen, die sich zeitgleich in Rom versammelt hatten. Hier zog ich mich diskret zurück, denn seine rettende Hand kam ihr so nahe, daß sie in eine Art Extase fiel, sich in selige Tränen auflöste und schließlich erschöpft auf den Teppichboden glitt, wo ihre Nichte sie ausgestreckt auf dem Bauch schlafend vorfand, als sie vom *Scoppio Del Carro* zum Mittagessen heimkehrte.

An diesem Ostersonntag hatte Assunta weder *tagliatelle* geschnitten noch *tortellini* gefaltet, obwohl man es ihr ausdrücklich gestattet hatte.

Lo Scoppio Del Carro, der an Ostern in Florenz veranstaltet wird, ist eine alte Florentiner Tradition, ist eine Touristenattraktion, ist eine Kuriosität, ist Massenwahn, ist Delirium, für Assunta aus Sizilien ist er abergläubisches Brauchtum und bei mir hat er im letzten Jahr für höchst zwiespältige Gefühle gesorgt.

Tatsächlich hat die österliche »Explosion des Karrens« ihren Ursprung schon im 12. Jahrhundert, als ein junger Florentiner mit dem schönen Namen Pazzino dei Pazzi (der kleine Wahnsinnige aus der Familie der Wahnsinnigen) für seine Heldentaten im ersten Kreuzzug einige Feuerstein-Splitter geschenkt bekam, die vom Heiligen Grab in Jerusalem stammten. Wahrscheinlich hatte er bei der Eroberung von Jerusalem im Namen der Kirche eine stattliche Anzahl sogenannter Ungläubiger ermordet, Wahnsinnstaten, für die man damals zu Ehre und Ansehen kam, die auf die ganze Familie abstrahlten. Denn hatte nicht Papst Urban II. im Jahr 1095 in seiner berühmten Kreuzpredigt gerufen »Gott will es!«? Sein Aufruf zum Krieg gegen den Islam hatte fanatischen Widerhall vor allem unter den jungen, abenteuerlustigen Leuten gefunden. Stolz brachte der Kleine Wahnsinnige also seine Steinsplitter nach Hause zurück, nach Florenz, wo sie bis heute in der romanischen Kirche SS. Apostoli aufbewahrt werden.

Zunächst entwickelte sich der Brauch, daß der Florentiner Bischof am Ostersamstag in SS. Apostoli mit Hilfe des Feuersteins vom Heiligen Grab ein Feuer entzündete, das er dann in den Dom transportierte. Auf ausdrücklichen Wunsch der Familie Pazzi wurde die kultische Handlung aber weiter ausgebaut. Heute, nach dem Aussterben der Familie Pazzi, organisiert die Kommune von Florenz die berühmte »Explosion des Karrens«.

Am Ostersonntagmorgen bin ich in der Prozession hinter dem *carro* hergelaufen. Vier makellos weiße toskanische Bullen ziehen den Wagen der Pazzi von seinem Depot in der Via il Prato bis vor den Dom. Gruppen aus Vertretern der Florentiner Stadtviertel, schöne Männer, denen ihre historischen Kostüme phantastisch stehen, marschieren mit Pauken und Trompeten hinterdrein, die Menge schließt sich an.

Der Priester von SS. Apostoli hat mit dem Feuerstein vom Heiligen Grab in Jerusalem ein Feuer geschlagen, das jetzt in einem bronzenen Gefäß in den Dom, hinauf zum Hauptaltar getragen wird.

Ich stehe im Inneren von Santa Maria del Fiore. Neben der großen anonymen Menschenmasse haben sich inzwischen auch die Repräsentanten der Stadt eingefunden. Der Bürgermeister beginnt, etwas nervös, erst zum Altar hinauf, dann zum Kirchenportal hinaus und wieder zurück zu schauen. Über der menschenleeren Schneise, in der Mitte des Raumes, ist in ganzer Länge vom Altar durchs Portal hindurch bis hinaus auf den Platz vor dem Dom, ein Draht straff gespannt, der nun an dem hölzernen Aufbau des Karrens befestigt werden muß. An seinem anderen Ende nämlich, oben am Altar, wird eine kleine Rakete, die in eine künstliche Taube hineingebastelt wurde, eingehakt. Der Erzbischof von Florenz,

Cardinal Piovanelli, wird sie beim »Gloria« mit einer Flamme des heiligen Feuers vom Grab Jesu zünden, so daß sie loszischt, den Draht entlang saust, draußen an den *carro* stößt, dort das Feuerwerk in Gang setzt, und dann, so hofft man, in den Dom zurückkehrt. Denn davon, wie *la colombina* ihre Aufgabe erfüllt, ob sie das Feuerwerk ordentlich zur Explosion bringt, ob sie auch den Weg zurück schafft, hängen Glück und Prosperität der Stadt und ihres Umlands ab.

Il cardinale Piovanelli beginnt nun, von den Gläubigen fast unbemerkt, mit der Ostermesse. Es dauert schon seine Zeit, bis er zum »Gloria« kommt. Die Kirchendiener sind unterdessen bemüht, die Kinder aus der Schneise zurückzuscheuchen.

Man steht dicht gedrängt, auf Tuchfühlung, immer ist da eine Reibung, ein sinnlicher Kontakt mit einem anderen Menschen, ein Parfum, ein Körpergeruch, aber das gehört hier dazu, sage ich mir, wenn man das Florentiner Osterfest in der Gemeinschaft erregter Christen feiert.

Köpfe recken sich neugierig vor, der Duft von Haar, Ellenbogen ecken an, klebrige Kinderhände, eine Hüfte schabt, ein Bein, eine Schulter drängt, irgendetwas rhythmisiert sich, eine leichte Bewegung, etwas wogt, die Orgel rauscht, das »Gloria« wird angestimmt, der Kardinal hebt die Flamme, hält sie an das Hinterteil des Vogels, ja, die Zündschnur glüht, die Taube zischt los, saust Funken sprühend über unseren Köpfen dahin, hinaus aus dem Kirchenportal, heran an den Karren, ja, der Funke springt über, das Feuerwerk explodiert, es knallt, es knattert, es blitzt, es stinkt, das Volk johlt los, draußen auf dem Platz wie drinnen im Dom, man applaudiert frenetisch, das erregte Wogen und Beben gelangt zu seinem Höhepunkt, da, ich spüre zwei, drei sachte Stöße von hinten, die Spannung entlädt sich, »Ahhh«, stöhnt jemand in den orgiastischen Aufschrei der Menge hinein, ein erlöstes »ahhh«, direkt in meinem Rücken, »*È andata bene!*« – »Es hat geklappt! *Bravo, bravo!*« ruft das Volk. Die Taube kommt zurückgezischt, noch glüht das Hinterteil, erst kurz vor dem Altar erlischt es endgültig und der kleine Vogel bleibt müde hängen.

Befremdet wende ich mich um. Ein junger, blondhaariger Amerikaner mit hochrotem Gesicht weicht meinem Blick aus, schaut dem Täubchen entspannt lächelnd nach und klatscht zufrieden in die Hände.

Im Jahr darauf bin ich an Ostern dann zu Hause geblieben und habe mich mit Assunta ein Weilchen vor den Fernseher gesetzt, denn *lo Scoppio Del Carro* in Florenz wird für mich auf alle Zeit *lo scoppio del Americano* bleiben.

Die Professorin und ihr Kruzifix

Die Entdeckung eines Frühwerks des Michelangelo

»Ach, das sind so Histörchen!«, wehrt sie ab, und: »Das ist 35 Jahre her, das ist Schnee von gestern!«

Dann hat sie es mir doch noch einmal erzählt, wenn auch mit jener Zurückhaltung allem Anekdotenhaften gegenüber, die einem deutschen Wissenschaftler stets geboten scheint. Immerhin aber handelt es sich um eine Episode aus ihrem Leben, die, wenn nicht Weltgeschichte, so doch Kunstgeschichte gemacht hat.

Nach langen Jahren habe ich sie in der Via Giusti, im Deutschen Kunsthistorischen Institut, wiedergetroffen, in einem kleinen Arbeitszimmer, das man nur über verwinkelte Korridore und enge Treppen erreicht. Ihr verdanke ich meine erste Begegnung mit Florenz, damals, vor bald zwanzig Jahren, als sie als Professorin für Kunstgeschichte in Freiburg mit unserer Seminargruppe eine Exkursion nach Florenz veranstaltete. Streng war sie und ungeduldig mit uns jungen Schafen, vor allem dann, wenn wir ein ihrer Meinung nach unpassendes oder flapsiges Wort zur Beschreibung eines Kunstwerkes verwendeten. Aber ihre Liebe zu dieser Stadt und zur Kunst der Renaissance hat sie uns dennoch vermittelt.

Professor Margrit Lisner ist heute 78 Jahre alt und seit etwa 15 Jahren im sogenannten »Ruhestand«, der ihren Forschergeist keineswegs zur

Ruhe gebracht hat. Die längste Zeit des Jahres residiert sie in Florenz. Dann kommt sie jeden Morgen gegen zehn Uhr zum Arbeiten ins Kunsthistorische Institut, verläßt es um eins und erscheint nach der *siesta* gegen 16 Uhr noch einmal.

Als ich unangemeldet bei ihr eintrete, sitzt sie vor einem Laptop und schreibt, die Brille auf der Nasenspitze, an einem *riassunto,* einer Zusammenfassung ihres neuesten Aufsatzes für eine wissenschaftliche Zeitschrift. Der Redaktionsschluß drängt. Sie habe eingesehen, daß ein Computer für sie eine enorme Arbeitserleichterung darstellen würde, erklärt sie, und darum habe sie sich kurzerhand diesen Laptop von der letzten Deutschlandreise im Rucksack mitgebracht.

Vorsichtshalber sage ich ihr gleich, daß ich sie nicht lange aufhalten wolle, da sie sicherlich im Streß sei, aber das hätte ich wohl besser nicht getan, denn: Dieses häßliche Wort »Streß« hat niemals Einlaß in ihren Wortschatz gefunden, korrigiert mich Frau Professor, sie würde höchstens so weit gehen, zu sagen, sie sei »ein wenig unter Druck«.

Als ich ihr nun auch noch berichte, daß ich schon vor vielen Jahren von der schnurgeraden Spur der Wissenschaft auf die schiefe Bahn des Journalismus ausgeschert bin und gerade an einem belletristischen Bändchen über Florenz schreibe, da schaut sie mir genauso bedenklich und streng in die Augen wie damals, als ich bei meinem Referat über Leonardo da Vinci die Reihenfolge der Dias durcheinander gebracht hatte. Ernst weist sie mich auf die immense Verantwortung hin, die ich mir mit meinem Vorhaben aufgebürdet hätte. Eine Last, die mich bis dahin nicht gedrückt hatte.

Margrit Lisner hat im September 1962 in Florenz, jenes Holzkruzifix gefunden, das heute als ein Frühwerk des Michelangelo in der Casa Buonarotti in Florenz ausgestellt ist. Halt! Frau Professor Lisner verbessert mich sofort: Es sei dabei keineswegs ums »Finden« gegangen, sondern vielmehr ums »Erkennen«! Denn drei Jahre intensiver Forschung, in denen sie mehr als 150 Holzkruzifixe in und um Florenz untersucht hatte, waren ihrer Entdeckung vorausgegangen.

Als ich ihren 1970 erschienenen Band »Holzkruzifixe in Florenz und in der Toskana« durchsehe, jagen mir die Schwarz-weiß-Abbildungen einige Schauer über den Rücken: 175 Seiten Kruzifix an Kruzifix. Tote hölzerne Körper, verdrehte, verzerrte, mit geöffneten und mit geschlossenen Augen, mit aufgerissenen oder mit still geschlossenen Mündern, gestandene Mannsbilder mit kräftiger Muskulatur und hagere, geschundene Opfer. Auf den letzten Seiten schließlich die eigentümlich zarte nackte Figur, die Lisner als jenes Jugendwerk Michelangelos identifiziert hat, das man seit dem 19. Jahrhundert für verloren gehalten hatte.

Unter den großfigurigen Skulpturen finden sich viele, die in ihrer physischen Präsenz auf beklemmende Weise berückend sind. Und ich komme bei ihrer Betrachtung nicht umhin, mir die junge Wissenschaftlerin vorzustellen, die jahrelang Kirchenräume, düstere Sakristeien, Refektorien und staubige Museumsdepots nach Gekreuzigten durchstöbert hat, um diese hölzernen Leiber dann zu untersuchen, zu vermessen, zu dokumentieren und ihren geistigen Gehalt zu erschließen.

Da sich Professor Lisner, seit ich sie kenne, kaum verändert hat, gelingt es mir nicht, ein Bild von ihr in jungen Jahren zu entwerfen, das sich von dem Bild, das sie heute bietet, wesentlich unterschiede: Ich denke, daß sie von ihrer damaligen Forschungsaufgabe ebenso ergriffen war wie von ihrer aktuellen; ich sehe sie vor meinem inneren Auge mit wehendem Haar, im Eilschritt auf festem Schuhwerk, ein wenig nervös und sicherlich schon damals in jenem »Look«, dem sie bis heute treu geblieben ist: stirnfreier Pagenkopf um das helle Gesicht mit den wasserblaugrünen Augen, eine zeitlose, am Praktischen orientierte, gediegene Eleganz im wadenlangen karierten Wollrock mit farblich passendem Pullover oder Hemdbluse. Auch wird sie schon früher im Kontakt mit anderen Menschen liebenswürdig, aber scheu und allzu empfindlich für Öffnung und Nähe gewesen sein, stets auf der Hut und, aus Angst vor Grenzverletzungen, immer mit dem Austarieren der richtigen Distanz beschäftigt.

In ihrer wissenschaftlichen Arbeit aber, im Kontakt mit den Werken der Bildenden Kunst hat sie von Anfang an ihre subtile Beobachtungsgabe und Empfindungstiefe offenbart.

Professor Lisner kam als Wissenschaftlerin, zum Zweck der Forschung, einigen Skulpturen physisch näher als es je einem Andächtigen gestattet war. Michelangelos stille, zierliche Jesusfigur lag, vom Kreuz gelöst, greifbar vor ihr: »Seine Christusgestalt scheint nicht aus Holz geschnitzt, sondern in ihren oft nur tastbaren Übergängen in Marmor gemeißelt zu sein.«

Jede Einzelheit konnte sie aus nächster Nähe betrachten: »Die Locken gehen an den Schultern in Malerei über; auch unter den Achseln, an der Brust und an der Scham ist das Haar, teils in feinen, schwerelosen Linien, teils pflanzenhaft, mit breiterem Pinsel wiedergegeben.«

Ihr wurden Ansichten gewährt, die vor ihr nur Michelangelo, und nach ihr und dem Restaurator keiner mehr zu Gesicht bekommen hat: »Der wundervoll modellierte Rückenakt des Kruzifixus war allein bei seiner Restaurierung im Gabinetto restauri in Florenz zu sehen.«

Ich fragte Professor Lisner am Laptop, wie es ihr überhaupt gelungen sei, Michelangelos verloren geglaubtes Holzkruzifix wiederzuentdecken?

»Ich hatte, nachdem ich mich drei Jahre lang mit der Materie beschäftigt hatte, eine ganz präzise Vorstellung davon, wie der Kruzifixus von Michelangelo ausgesehen haben mußte«, erzählt sie. »Ich hatte seine Körper- und Kopfhaltung anhand von Kruzifixen, die vor und nach ihm entstanden sind, exakt rekonstruiert. Und schließlich bin ich zu dem netten Sakristar von Santo Spirito gegangen. Den Namen Michelangelo habe ich natürlich nicht erwähnt, damit keiner Verdacht schöpfte. Das hätte ja gleich große Wellen geschlagen. Ich sagte ihm nur, daß für mich im Rahmen meiner Forschung jedes Holzkruzifix von Interesse sei, egal, in welchem Zustand es sich befände. Ja ja, sagte der Sakristar gleich, er hätte da etwas. Er führte mich ins Kloster, wo hoch an einer Wand ein Kruzifixus hing, der durch einen Ölanstrich des 18. Jahrhundert entsetzlich entstellt war. Ich sah die Christusfigur und wußte: Er ist es!«

Tatsächlich konnte unter der Übermalung wenig später die Originalfassung freigelegt werden, die nach Technik und Malweise aus dem Ende des Quattrocento stammte. Eine Datierung, die genau mit der Entstehungszeit des Michelangelo-Werkes übereinstimmt.

In der langen Zeit, in der sie mit dem Thema beschäftigt war, habe sie eben auch gelernt, »durch die Schichten der Übermalungen hindurch zu sehen«, erklärt Professor Lisner.

Der Röntgenblick des Kenners.

Ich frage sie nach ihren Empfindungen bei dieser unglaublichen Entdeckung, diesem Traum jedes Wissenschaftlers, der Erfüllung seiner tiefsten Sehnsüchte!?

»Da bin ich doch drei Tage lang mit einem etwas mulmigen Gefühl im Magen herumgelaufen«, meint die Professorin spröde, und: »Einige Leute sind damals etwas nervös geworden, weil sie ihn nicht erkannt hatten.«

Man darf ruhig sagen, daß ihre Zuschreibung an Michelangelo in der Fachwelt damals wie eine Bombe einschlug und zu heftigen Auseinandersetzungen Anlaß gab. Manch ein Kunsthistoriker, der die unscheinbare Christusfigur entweder achtlos hängengelassen, oder versucht hatte, sie einem manieristischen Künstler des 16. Jahrhunderts zuzuschreiben, muß damals vor Ärger und Neid wohl fast geplatzt sein. Heute stimmen die meisten Fachleute ihrer Zuschreibung an Michelangelo zu.

»Die Christusgestalt aus Santo Spirito ist die erste Arbeit, die Michelangelo für eine Kirche geschaffen hat, und sein frühestes erhaltenes großfiguriges Werk«, weiß Professor Lisner. Der Auftrag ging an den erst 18jährigen Künstler, der damals noch im Haus der Familie Medici lebte. Er muß das Kruzifix 1493/94 geschnitzt haben, nach Lorenzo de Medicis Tod und vor seiner Flucht nach Bologna. Möglicherweise, so vermutet man, hat sich Michelangelo mit dem hölzernen Christus für die Kirche Santo Spirito Zugang zum Kloster Santo Spirito verschafft, um dort an Leichen die Anatomiestudien betreiben zu können, die historisch belegt sind. Oder ist die Skulptur sogar das erste Ergebnis dieser Studien?

Michelangelo befand sich in einer heiklen Lebensphase, als er den Auftrag für die Christusfigur erhielt: Nach Lorenzos Tod herrschte, unter dem Einfluß des Dominikanermönchs Savonarola, in Florenz eine Stimmung religiöser Umkehr und Buße.

Professor Lisner nimmt an, daß Michelangelos Kruzifixus unmittelbar unter dem Eindruck der Schriften Savonarolas entstanden sei, in denen der Mönch das leibliche Aussehen Christi beschrieb. Er sei »von edler Gestalt«, heißt es in dem Text Savonarolas, »zart, empfindsam, sehr sensibel bei Berührung, schmerzempfindlich, ein reiner Körper.« Und an anderer Stelle: »Die Liebe zu Jesus (...) ist süßer als alle weltlichen Freuden.«

Tatsächlich läßt sich an der Christusfigur in

der Casa Buonarotti eine Süßigkeit, eine Weichheit und fast ölige Glätte feststellen, die beeindruckt, ja eigentümlich beunruhigt, mir persönlich aber, wie eine Indiskretion, zu nahe rückt.

Doch liegt die Schönheit bekanntlich im Auge des Betrachters: »Mit großer Zartheit hat Michelangelo ein Bild seines eigenen Alters zu höchster Schönheit erhoben«, schreibt Professor Lisner.

Schon wenige Jahre nach der ersten Restaurierung hatte sie jedoch Grund zur Klage: »Der sehr zarte und vornehme, ins Oliv spielende Ton des Inkarnats, der den Tod andeutete (...), ist in eine etwas verschmutzte Fleischfarbe umgeschlagen, die den Charakter und die geistigen Werte des Werkes verwandelt und verfälscht.« Und auch die Aufstellung des Kruzifixus in der Casa Buonarotti ist gar nicht nach dem Geschmack der Kunsthistorikerin, »weil das scharfe, künstliche Licht die plastischen Werte abflacht«.

In Santo Spirito nämlich hing die zarte Gestalt in vier Meter Höhe und hatte Oberlicht, erklärt sie mir. Für diese Sicht sei sie konzipiert, aber jetzt ist sie nur wenig über Augenhöhe angebracht und wird auch noch von unten mit zwei Spotlights angestrahlt! Das ist wirklich schändlich!

In Bälde muß die Skulptur wieder restauriert werden, weil die Farbe abblättert. Frau Professor hat sich schon eingeschaltet und macht sich nun energisch für eine neue Aufstellung und Beleuchtung »ihres« Christus stark. Sie habe sich mit den Zuständigen bereits in Verbindung gesetzt, sagt Margrit Lisner feurig: »Denn ich fühle mich noch immer für ihn verantwortlich!«

Majolika im Januar

Über die Kehrseite der Medaille

Auch diesesmal hat es wieder geklappt. Auf den Januar in Florenz ist Verlaß! November und Dezember waren verregnet und warm gewesen. Kaum aber hatten wir die Januarmitte erreicht, pfiff die *tramontana* ordnungsgemäß vom Apennin herab, hat die Wolken vertrieben, die Luft wurde kalt und klar, und Florenz sah aus wie frisch aus dem Ei gepellt.

Einige hundert Japaner sind jetzt die einzigen Touristen, die in Gruppen durch die Gassen wieseln und von energischen japanischen Führerinnen en bloc in die Edelboutiquen hineingeschleust werden, aus denen sie dann alle mit denselben Gucci-Pucci-Ferragamo-Einkaufstüten wieder heraustrippeln. Einige von ihnen marschieren mit weißem Mund- und Nase-Schutz durch die Stadt, was ihnen das Aussehen von Chirurgen aus einer Arzt-Serie gibt und sich in den Straßen von Florenz recht fremdartig ausnimmt, zumal die Luft hier, gerade im Januar, herrlich frisch und rein ist. Der Autoverkehr ist weit aus dem historischen Zentrum verbannt, und die Linienbusse in der Altstadt fahren elektrisch. Es müssen Menschen sein, die in Tokio die traurige Lektion gelernt haben, daß Luft für den Menschen grundsätzlich eine Bedrohung darstelle. Und schon ist die Gewohnheit zum

Reflex geworden, der sie immer und überall beim Verlassen des Hauses zum Atemschutz greifen läßt wie andere Leute zu Hut oder Sonnenbrille.

Doch gelten die japanischen Gäste, auch wenn man sich etwas über sie wundert und sie leise belächelt, in Florenz als »gute Touristen«, weil sie sich zu benehmen wissen, weil sie diszipliniert sind und sehr viel Geld dalassen. In vielen Florentiner Läden sind japanische Verkäuferinnen eingestellt, die ihre Landsleute in ihrer eigenen Sprache beraten.

Andere Touristen fallen noch nicht ins Auge. Der Januar ist inzwischen tatsächlich der einzige schöne Monat im Jahr, in dem die Stadt sich fast nur um sich selbst kümmert.

Und nie ist sie zauberhafter als jetzt, wenn sie sich dehnt und sich der Sonne entgegenreckt, versunken in ihren eigenen Anblick wie eine schöne Frau nach dem Mittagsschlaf. Sie ordnet ein wenig ihr Haar, streicht sich die Brauen glatt und lächelt sich wohlgefällig im Spiegel zu: Ja, richtig jung und frisch sieht sie aus, wie gestern erst erdacht und heute früh erschaffen. Die Domkuppel nimmt einen tiefen Atemzug reiner Winterluft, strafft sich, wölbt sich noch ein wenig steiler in den Himmel, wie weiße Haut schimmert der Marmor, dann seufzt sie leise und genüßlich.

Die Januarsonne hat die Stadt in ein Licht getaucht, das ihr besser zu Gesicht steht als all die Sonnenstrahlen der wärmeren Jahreszeiten. Es ist das Morgenlicht der Frührenaissance, ein durchscheinender, mit Weiß und Silber durchmischter

Glanz, der die Fassaden und Plätze aufleuchten läßt und den Menschen mit der Vorahnung vom Frühling auch die Hoffnung auf einen glücklichen Neuanfang schenkt.

Der Himmel ist als blaues Seidentuch straff zwischen Kirchtürmen und Palastecken aufgespannt, und er leuchtet und glänzt mit den kleinen Majolikawappen und -girlanden um die Wette. Bunte Farbkleckse auf grauem Gemäuer, denen man unvermutet immer wieder begegnet, und die einen in leuchtenden Farben anstrahlen wie ein Kinderlächeln. Nur die ersten zitronengelben Mimosensträußchen im Blumenladen und die in den Schaufenstern der Bars aufgetürmten Orangen und Pampelmusen haben eine ähnlich aufheiternde Wirkung aufs Gemüt.

An diesen Tagen zieht es mich über Mittag auf die Piazza Santissima Annunziata. Da setze ich mich mit einem belegten *panino* in die Sonne, auf die Stufen gegenüber dem Ospedale degli Innocenti, dem »Heim der unschuldigen Kindlein«. Die kobaltblauen Majolika-Medaillons mit Wickelkindern von Andrea della Robbia, die die Fassade des ehemaligen Waisenhauses schmücken, sehen heute wie Gucklöcher in den Himmel aus. Vor den blauen Scheiben breiten die weißglasierten Kinderfiguren ihre runden Ärmchen aus. Jedes Baby hat sich ein gutes Stück weit aus den Bändern befreit, in die es vom Hals bis zu den Zehenspitzen fest eingewickelt war. Und jedes führt nun vor, wie weit es mit seiner Selbstbefreiung schon gediehen ist.

An solch einem strahlenden Januartag läßt

sich kein edlerer Farbklang denken als dieser hier: Das Blau von Himmel und Majolika, das Kalkweiß der glatten Fassadenfläche, das sich in der weißen Glasur der anmutigen Kinderfiguren wiederholt, und das helle Grau der Säulen, der fein profilierten Rundbögen, der Gesimse und Giebel, die das Ospedale degli Innocenti gliedern. *Pietra serena* heißt dieser lichtgraue Stein, zu deutsch »klarer, heiterer, unbeschwerter Stein«.

Ich war mittags, *a mezzogiorno*, schon hierhergekommen und hatte den Platz und die Sonne allein genossen. Jetzt aber, gegen 13 Uhr, füllen sich die Stufen mit fröstelnden Leuten, die sich wärmen und dabei etwas zu Mittag essen und rauchen wollen. Ein paar Studenten sind dabei, vor allem aber sind es Menschen mit verstörten Gesichtern, mit wirrem Haar, stumm oder mit überlauter Stimme, in abgerissenen, viel zu leichten Klamotten. Ihr Alter läßt sich schlecht schätzen, Fixer, so scheint es, Alkoholiker, seelisch Entwurzelte.

Auch die alte, klein gewachsene und gebeugte Frau, die das ganze Jahr über an der Kirche Santissima Annunziata steht und bettelt, kommt jetzt herüber, um sich die nackten Beine aufzuwärmen. Ihr Gesicht und ihre Hände sind rot und braun von Sonne und Schmutz und mit Narben übersät. Ich gebe ihr etwas Geld, schaue sie an, und in diesem Augenblick schlägt das Bild der Welt um wie ein Vexierbild. Die blanke Fassade des Waisenhauses stürzt ein, der ebenmäßige Boden bricht auf, der Blick fällt in schwarze Abgründe und auf düsterste Geschichten.

Die Bettlerin, die mir ihre Hand entgegenstreckt, hat die Gestalt jener dunkelhäutigen, kleinwüchsigen, vernarbten Figuren, die auf manchem Renaissancefresko im Gefolge glanzvoller Herren abgebildet sind: Haussklaven, die damals in jedem wohlhabenderen Florentiner Haushalt dienen mußten. Sie gehörten ihren Besitzern wie Möbel oder Haustiere. Die meisten waren Tartaren. Manche aber kamen auch aus Rußland, Griechenland oder Afrika. Im späten 14. Jahrhundert schon hatten die Florentiner Zunftmeister ein Dekret erlassen, wonach die Einfuhr von nichtchristlichen Sklaven beiderlei Geschlechts gestattet war, weil die schreckliche Pest von 1348 mehr als die Hälfte der Florentiner Bevölkerung hinweggerafft hatte und es der Stadt nun an Arbeitskräften zur Verrichtung der niedrigen Arbeiten mangelte. Die Kirche gab ihre Zustimmung mit der Begründung, daß die Menschen aus dem Orient »Heiden« seien und keine Menschen.

Elf-, zwölfjährige Tartarenmädchen waren um die Mitte des 15. Jahrhunderts, zur Glanzzeit von Florenz, am begehrtesten, weil sie, wie etwa Alessandra Strozzi, eine Dame aus der mächtigsten Florentiner Familie zur Zeit der Renaissance, ihrem Sohn schrieb, »viel und hart und lang arbeiten können«. Die Kinder wurden von tartarischen Reitern geraubt oder von ihren Eltern verkauft. Dann wurden sie auf Galeeren verladen, in Ketten gelegt und mit Schnittwunden an Gesicht und Händen »markiert«, damit sie später, im Fall einer Flucht, anhand ihrer Narben identifiziert werden konnten. Florentiner Herren schickten ihre Agenten nach Genua oder Venedig, mit dem Auftrag, aus einer neu eingetroffenen Schiffsladung geschundener Kinder eine brauchbare Haussklavin auszusuchen und einzukaufen. Jeder Sklave wurde seinem Herrn laut Kaufvertrag »in unbeschränkten Besitz gegeben«. Der Herr war berechtigt über ihn zu verfügen und mit ihm zu machen, was ihm beliebte. Gleich nach der Ankunft in Florenz wurde ein Sklave oder eine Sklavin im Baptisterium getauft und erhielt einen christlich klingenden Namen. Als »Mensch« aber wurde er nicht anerkannt, denn dieses Privileg besaß nur, wer in Freiheit geboren war. Die Kinder von Sklaven gehörten nicht ihren leiblichen Eltern, sondern blieben Besitz der Herrschaft, die sich ihrer gern dadurch entledigte, daß sie diese Kinder hier, mir gegenüber, im Waisenhaus, dem Ospedale degli Innocenti, abgab. Immerhin wurden die Nachkommen der Sklaven, sobald sie im Waisenhaus aufgenommen waren, wie alle anderen Findelkinder, als freie Menschen mit allen Bürgerrechten anerkannt. Die Mädchen wurden, wenn sie Glück hatten, von Privatleuten adoptiert, die Jungen wurden im Alter von zwölf bis 18 Jahren zur unentgeltlichen Arbeit in die Fabriken und in die Schiffswerft von Livorno geschickt. So haben sich die Kinder der Sklaven bald mit der Bevölkerung von Florenz vermischt.

Ein Haussklave aber kam nur frei, wenn sein Herr ihm in einem notariellen Akt, der zugleich ein letzter Akt der Unterwerfung war, die Freiheit und damit die Menschenrechte schenkte. Niemals aber erhielt er genügend Geld mit auf den Weg, um sich eine Existenz aufbauen zu können; oftmals blieben ihm nur die Kleider, die er am Leib trug; ein Handwerk hatte er nicht erlernt, und der Zugang zu vielen Zünften war ihm versperrt. Ein freigelassener Sklave hatte also fast keine Chance. In einem tragischen Automatismus geriet er an den Rand der Gesellschaft oder fiel gleich vollends durchs soziale Netz, schloß sich Banden von Wegelagerern an, und fristete sein Leben als Herumtreiber, Gauner oder Bettler. Nur zu oft also führte der Weg in die Freiheit geradewegs in die Verelendung.

Ich weiß nicht, welcher Weg die alte Frau oder die anderen Menschen, die sich jetzt auf den Stufen gegenüber vom Waisenhaus sonnen, hierhergeführt hat, aber ich weiß, daß sich die Abgründe auch im heutigen Florenz mitten im Glanz auftun.

Wie jede Gesellschaft hat auch Florenz seine Kehrseite, wo die *marginati*, die Randgruppen, die Ausgeschlossenen leben, und gar nicht wenige.

Anfang der siebziger Jahre etwa hatte der idealistische Triestiner Psychiater Franco Basaglia das Gesetz 180, die *Legge Basaglia*, durchgesetzt, eine grundsätzliche Liberalisierung der psychiatrischen Krankenhäuser, der auch San Salvi, die Psychiatrie von Florenz, folgte. Die seelisch kranken Menschen sollte aus ihrer Isolierung befreit und in die Gesellschaft integriert werden. Viele Anstalten wurden geschlossen, Kranke in ihre Familien zurückgegeben oder in der Stadt in Mietshäusern untergebracht, wo sie ambulant von Fachkräften betreut werden sollten. Eine glänzende Idee, um der Gettoisierung der Psychiatrie entgegenzuwirken. Deren Ausführung scheiterte freilich in vielen Fällen daran, daß es zu wenig gut ausgebildete und engagierte Sozialarbeiter und Pflegekräfte gab, nicht zuletzt, weil die Einführung der *Legge Basaglia* von viel zu geringen Geldmitteln begleitet war. Die Kranken blieben vielfach unterversorgt, vernachlässigt und hilflos, und sahen sich oft auch der Verachtung von Nachbarn ausgeliefert, die unvorbereitet und von ihrer neuen Aufgabe überfordert waren. Auch die betroffenen Familiengemeinschaften waren nur selten in der Lage, ihre kranken Mitglieder im häuslichen Umfeld aufzufangen.

Noch bei meinem diesjährigen Besuch in Florenz traf ich in der eleganten Via Calzaioli auf einen jungen Bettler, der ein Schild neben seinen Hut gestellt hatte mit der Aufschrift: »Komme aus der psychiatrischen Anstalt. Bin ohne Sozialhelfer. Bitte um Geld fürs Essen.«

Auch der mutmaßliche Massenmörder von Florenz, der als »Monster von Florenz« bekanntgeworden war, kommt mir in den Sinn. Denn er führte eine Existenz, die man in einer so hochkultivierten Gesellschaft wie der Florentiner kaum für möglich halten würde. 1994 war Pietro Pacciani wegen der Ermordung von sieben Paaren zu lebenslanger Haft verurteilt worden. Jedoch sprach ihn ein Berufungsgericht wegen Zweifels an der Beweisführung zwei Jahre später frei. Anfang 1998 ist er im Alter von 73 Jahren in seinem Haus, ein paar Kilometer vor Florenz, gestorben. Die Florentiner, mit denen ich sprach, waren der einhelligen Überzeugung, daß Pacciani Opfer einer unsauber arbeitenden Justiz und in den Mordfällen tatsächlich unschuldig gewesen war. Daneben hält sich eisern das Gerücht, daß der wahre Mörder ein anerkannter Florentiner Gynäkologe gewesen sei, der inzwischen verstorben ist.

Mariella, gebürtige Florentinerin aus alter Familie, erläutert mir die Geschichte: Pacciani, ein *marginato,* habe sein Leben zusammen mit seiner Familie so jenseits jedes moralischen Begriffes gelebt, daß es ein Leichtes gewesen sei, ihm auch noch sieben Doppel-Morde in die Schuhe zu schieben. Mit völliger Selbstverständlichkeit etwa hat Pacciani seine Töchter sexuell mißbraucht und vergewaltigt: »Ich liebe meine Kinder, also gehe ich auch mit ihnen ins Bett«, erklärte er dem Gericht. Und als die eine Tochter, die bereits von ihrem Vater ein Kind hatte, wieder schwanger war, ging ihre Mutter auf die Straße und verkündete öffentlich, man solle ihre Tochter endlich in Ruhe lassen, denn diesesmal sei das Kind, das sie erwarte, *»di sangue buono«*, von gutem Blut; es stamme nämlich vom Bruder!

Mir wird kalt auf den Stufen. Bevor ich gehe, werfe ich einen letzten Blick auf die herrliche Fassade des »Heims der unschuldigen Kindlein« mit all diesen bezaubernden weißhäutigen Terrakottakindern auf himmelblauem Grund.

Auch sie in Wahrheit Kinder einer grausamen Zeit, und wie die Kinder jeder Epoche so erschütternd hoffnungsfroh.

Der nackte Herr Professor

Die Sache mit dem Schinkenbrot

Am Dienstag um halb elf war ich bei Professor Giuseppe Lotti eingeladen. Wir hatten uns verabredet, weil er mir kraft seines Einflusses Zugang zu diversen Bibliotheken und Kunstsammlungen verschaffen konnte, in denen ich nach Quellen für meine Doktorarbeit fahnden wollte. Das Studium der Sekundärliteratur im Kunsthistorischen Institut brachte mich nicht weiter und ich hatte es gründlich satt.

Professor Lotti hatte mich zur vormittäglichen *merenda* geladen. Das ist die Zeit, zwischen halb zehn und elf, in der es schwierig ist, jemanden bestimmten in irgendeinem Büro zu erwischen, auch Läden und Banken haben jetzt eine unregelmäßig wechselnde Besetzung, weil in diesem Zeitraum alle arbeitenden Menschen einmal für zehn bis 20 Minuten in die nächste Bar gehen müssen. Es ist zwar keine offizielle Arbeitspause, aber eine kulturelle Notwendigkeit, auf die jeder ein Anrecht hat.

La merenda ist eine Art zweites Frühstück, verbunden mit einem kleinen Gang durch die frische Luft; Beine vertreten, ein paar andere Gesichter aus einem anderen Büro sehen, kleiner menschlicher Austausch, wie geht's den *bambini, la signora* sehen heute wieder wunderbar aus, *carissimo,* hast du gestern abend das Fußballspiel gesehen, *ciao bella*!

Für die meisten ist dies, nach einem winzigen *espresso* zu Hause, die erste Mahlzeit am Tag. Jetzt erst nimmt man *uno spuntino,* einen kleinen Imbiß, greift nach einem *dolce,* einer *brioche.* Die Damen, *le signore,* halten die puderzuckerbestäubten süßen Teilchen mit gespreizten Fingern in einer zu kleinen Papierserviette. Sie essen mit langen Zähnen und geschürzten Lippen um ihren Lippenstift herum, was ziemlich graziös aussieht und verhindert, daß die Farbe verschmiert. Ein langer, gepflegter Fingernagel kratzt die beiden letzten Krümel aus den aufgespannten Mundwinkeln.

Er trinkt seinen zweiten Kaffee, *sie* meist einen *cappuccino,* man plaudert im Stehen. Die Zuckertütchen werden mit Daumen und Zeigefinger an der oberen Ecke gehalten, locker aus dem Handgelenk durchgeschüttelt, damit der Zucker nach unten rutscht, Goldarmbänder klingeln, Golduhren blitzen auf, dann erst wird die obere Ecke abgerissen und der ganze Inhalt in die winzige Tasse gestreut. Ein paar gezielte, schnell kreisende Rührbewegungen, ein Schlückchen und noch eins, das war's schon, und der Koffeinspiegel ist wieder auf dem fürs Weiterarbeiten notwendigen Niveau.

Ich stellte fest, daß es alle diese schönen, präzisen Gesten bei einer deutschen »Brotzeit«, aber auch bei »Kaffee und Kuchen« einfach nicht gibt. Und ich selbst blieb übrigens, trotz Giovannas indignierter Blicke, dem sehr unitalienischen Brauch treu, zu Hause jeden Morgen mein Schüsselchen voll Müsli zu leeren.

Nun öffnete sich mir an jenem Dienstagvormittag zum erstenmal die Tür zu einer *merenda* im Professorenhaushalt. Die Haushälterin nahm Mütze und Schirm entgegen. Dann trat Professor Lotti, ein eleganter, schlanker Mitsechziger, auf mich zu, ließ bei der Begrüßung behend seine hellen Äuglein über mich wandern und ging voraus in den Salon, während ich sein feines Profil mit der schmalen, edel gebogenen Nase bewunderte. Er wies mir meinen Platz auf einem zierlichen Barocksessel an, für den ich mir ein wenig zu groß vorkam; er selbst ließ sich auf einer kleinen Couch nieder, die ihm wie maßgeschneidert paßte.

Wieder einmal machte ich in Florenz die schmerzliche Erfahrung, daß ich mich zu raumgreifend, plump und auf eine diffuse Weise unkultiviert »rustikal« fühlte. Ich wußte in dem zarten Gedränge von Barocksesselchen und Teetischchen, auf dem schon ein Silbertablett mit Konfekt bereitstand, nicht, wohin mit meinen Beinen. Außerdem mochte ich kein Konfekt, es sei denn *gianduiotti,* und daß das *un problemo* darstellen würde, hatte ich gerade erst gelernt. Ich hatte nämlich erkennen müssen, ja, um ehrlich zu sein, meine Freundin Giovanna hatte mich dezent darauf hingewiesen, daß ich essensmäßig zum Typ »Schinkenbrot« gehörte, und daß das viel weniger fein und vor allem weniger weiblich wäre, als *golosa,* eine kleine Naschkatze, zu sein. Auch meine Müsliorgie am Morgen subsumierte sie unter »Schinkenbrot«. Die Frau vom deftigen Typus »Schinkenbrot« galt nämlich, und gilt noch immer, als geradezu abtörnend unsexy, weil sie das falsche, nicht geschlechtspezifisch weibliche Eßverhalten hat. Sie ißt sich mit gesundem Appetit munter durch Antipasto, Pasta-Vorspeise und Hauptgericht, trinkt dazu gern Rotwein und läßt am Schluß ohne jede Wehmut die süße Nachspeise aus, um noch zum Käse zu greifen.

Die erotische Florentinerin dagegen überspringt anmutig wie eine Gazelle die Nudelvorspeise, trinkt kaum Wein, nimmt vielleicht ein wenig gedünstetes Gemüse mit einem halben Hühnerbrüstchen vom Grill zu sich, läßt den behäbigen Käse stehen, ißt aber mit Genuß den kleinen, süßen Nachtisch, spätestens, nachdem ihr Begleiter sie dazu ermuntert hat. Und *er* findet SIE beim Essen einfach entzückend, weil sich ihr Eßverhalten, wie andere Zeichen der Weiblichkeit, von dem seinen so hübsch grundlegend unterscheidet.

Ich aber saß mit meiner Schinkenbrotnatur Herrn Professor Lotti gegenüber, der das mit Konfekt bestückte Silbertablett emporhob und mir mit funkelnden Augen unter die Nase hielt. Ich sah glasklar, daß er nur darauf brannte, ein lüsternes, auf Süßigkeiten versessenes Flackern in meinen Augen zu entfachen, und ich tat mein Bestes, wenigstens ein wenig Interesse zu mimen. Herr Professor registrierte augenblicklich mein Zögern, aber auf die Idee mit dem Schinkenbrot kam er nicht, sondern er nahm an, es handle sich bei meinem Widerstand um jenes, wiederum typisch weibliche, Sich-Zieren, jenes Lock-Flucht-Verhalten, das Frauen davon abhält, vor Zeugen einfach zuzulangen, wenn sie Lust haben. Dieser vermeintlich kokette Widerstand wirkte ungewollt aufreizend, er lockte den romanischen Verführer erst recht auf den Plan. Also beriet mich Professor Lotti eingehend, er umschmeichelte mich, verführte mich, der Verlockung nachzugeben und diese kleine süße Sünde doch, wenn auch widerstrebend, zu begehen.

Sollte ich ihn enttäuschen? Sollte ich die Illusion, die er sich von mir geschaffen hatte, zerstören, und jetzt, aus dem sehr deutschen Bedürfnis nach dauernder Wahrhaftigkeit heraus, zu ihm sagen: »*No, grazie, professore*, ich hätte einfach lieber ein ordentliches Schinkenbrot?«

Nein, diese emanzipatorische Kraft, auf seine Anerkennung und seine funkelnden Augen zu verzichten, hatte ich nicht und opferte meine Wahrheit dem subtil erotischen Augenblick. Ich griff also nach genau dem dicken, runden Praliné, das er mir als besonders süß und köstlich empfohlen hatte, und quälte mich dann mit der pappig-süßen Masse, die sich in meinem Mund breitmachte, scheinbar lustvoll herum, wobei mir Lotti stolz und begeistert zusah. Er selbst aß selbstverständlich keines. Das nämlich wäre unmännlich gewesen.

Die Zofe erschien und brachte eine so klitzekleine Kaffeemaschine herein, daß sie damit gerade eine einzige noch winzigere Tasse mit *espresso* füllen konnte, ein antikes Dingelchen, ganz grün, schimmernd wie eine Seifenblase mit Goldrand.

Der Professor reichte mir die silberne Rokoko-Zuckerdose: »*Zucchero*?«

»No, grazie, lo preferisco amaro!« Diesesmal riskierte ich die Wahrheit: »Nein, danke«, sagte ich, »ich trinke ihn lieber bitter!«

Professor Lotti war sichtlich irritiert, dieses Verhalten kannte er von Frauen nicht, und er forderte mich, wie um die Ernsthaftigkeit meines Widerstands zu überprüfen, auf, zum bitteren Kaffee wenigstens ein zweites Praliné zu essen.

Wieder lehnte ich ab, doch jetzt verwendete ich, (raffiniert, raffiniert!), eine Begründung, die als sehr, sehr weiblich gilt, und die deshalb jeder Florentiner akzeptieren kann, ohne eine Frau gleich unerotisch zu finden, im Gegenteil. Es ist ganz einfach, und man braucht die Sache mit dem Schinkenbrot gar nicht zu erwähnen. Es geht so: »Nein, danke« Kopf schief legen, ein geniertes, kokettes Lächeln, »die Linie …«

Nun mußte *er* natürlich ein wenig widersprechen, schon aus Höflichkeit, aber dann, denn das war die Sprache des Weibes, die er verstand, dann gab er nach, zuckte gerührt lächelnd die Achseln, *»ts, ts, le donne«* – »so sind die Frauen eben …« und ich hatte meine weibliche Ausstrahlung in seinen Augen gerettet.

Ach, was tat ich nicht alles … damals … ungefestigt, jung und gefallsüchtig … und vor allem in Florenz, wo das geschlechtsspezifische Regelwerk noch viel ungebrochener gelebt wird als in Deutschland, so daß ich leider auch bei heutigen Besuchen für nichts garantiere. Daneben beobachte ich mit Bestürzung, daß in meinem Heimatland, mit der zunehmenden Stylisierung und »Toskanisierung« der intellektuellen Szene, der weibliche Mensch vom Typ »Schinkenbrot« ebenfalls immer mehr ins erotische Abseits gerät!

In diesem Augenblick schabte es ein wenig an der Tür, und Beatrice, die Frau des Professors schob sich mit vorsichtigen Schritten ins Zimmer. Ob die *Signorina* schon da sei? Sie könne nämlich nicht sehen.

Ich sprang auf, warf dabei fast das Barocksesselchen um, sagte, etwas zu laut, ja, hier bin ich, und ergriff die hilflos ins Leere gestreckte, weiße Hand. Dottoressa Beatrice Lotti setzte sich tastend auf eine Bank neben der Tür und ich setzte mich dicht neben sie, weil sie mir so einsam vorkam im Dunkel ihrer Blindheit, und weil ich mich für das Glitzern in den Augen ihres Mannes, das sie nicht sehen konnte, schämte.

»Pino«, sagte Beatrice, »hast du der *Signorina* auch Kaffee und Konfekt angeboten?«

»Aber ja, *tesoro*«, antwortete der Professor, und ich sagte schnell »Si, *Signora*, besten Dank, es war vorzüglich!«

Dabei nahm ich mir vor, dem Herrn Professor bei nächster Gelegenheit meine wahre, unweibliche Schinkenbrotnatur zu offenbaren, um mich aus dem erotischen Muster, in das ich mich verstrickt hatte, zu befreien.

Dottoressa Lotti war Archivarin in einem der großen historischen Archive von Florenz gewesen, hatte aber mit nachlassender Sehkraft ihren Beruf frühzeitig aufgeben müssen. Da ihr die Augen wehtaten, wenn sie ins Licht sah, war *il salotto*, das Wohnzimmer, stets abgedunkelt. Sie war eine stolze Schönheit, groß, aufrecht und würdevoll, in ein weinrotes Strickkostüm gekleidet, das ihre weiße Haut leuchten ließ. Umso mehr war ich bestürzt, es schnürte mir das Herz ab, als ich sah, daß sie mit dem farblich exakt abgestimmten Lippenstift über die Grenzen ihrer Lippen hinausgerutscht war und nun wie blutverschmiert aussah.

Professor Lotti war Glasfensterspezialist und hatte gerade einen Wälzer über die Glasfenster von Florenz verfaßt. Er war auch in der Museumsleitung tätig gewesen, hatte an den Hochschulen für Architektur, in Florenz, Pistoia und Urbino Kunstgeschichte gelehrt und sich mit Techniken der Restaurierung befaßt. Die Wohnung der Lottis, die keine Kinder hatten, sah ungefähr so aus wie eine Schatz- und Wunderkammer der späten Medici: Sie war mit Kunst und Antiquitäten höchster Qualität randvoll gefüllt. Auf einem Tischchen stand eine Silbersammlung, die Wände waren dicht an dicht mit Ölgemälden, mit Zeichnungen und Druckgraphiken tapeziert, an das Wohnzimmer schlossen sich zwei Arbeitsräume mit wertvollen alten Büchern und Manuskripten an, wo auch ein dickes afrikanisches Steinnilpferd stand, auf das Lotti sehr stolz war. Er führte mich vor ein paar holländische Genrebilder aus dem 17. Jahrhundert, die so dunkel waren und so winzig bemalt, daß er eine Taschenlampe holen mußte, um sie mir, mit der Nase fast auf der Leinwand, zu zeigen. Seine Frau kannte noch jedes Werk, das er mir vorführte, in- und auswendig.

»Zeig der *Signorina* auch den kleinen Hund in

der linken Ecke, Pino«, ermahnte sie ihren Mann. »Und zeig ihr mit der Lampe, wie die Farbe auf dem Bild des Florentiner Manieristen je nach Lichteinfall changiert.«

»Tja«, sagte Lotti, »das könnte ein kleiner Pontormo sein, aber ich nehme doch eher an, daß es aus dem Umkreis von Vasari stammt, aus der Zeit, als er das ›Studiolo‹ für Francesco de Medici im Palazzo Vecchio gemalt hat.«

»Hast du ihr auch schon unseren Glücksfund gezeigt?« fragte Beatrice.

Professor Lotti winkte mich vor ein Ölbild im Barockrahmen.

Die Lottis haben es vor vielen Jahren für etwa 200.000 Lire bei einem Florentiner Antiquar erstanden. Der meinte, es stamme aus dem 19. Jahrhundert. Aber wenn sich das als falsch herausstellen würde, hatte er gesagt, so könnten sie es ihm gern zurückbringen.

Es stellte sich als falsch heraus. Professor Lotti zwinkerte mir keck zu: »Es ist Mitte 17. Jahrhundert«, sagte er, »und es ist von Luca Giordano! Ein Vermögen wert! Die Vorzeichnungen dafür liegen in den Uffizien, in der Graphiksammlung!«

Das war das Stichwort. Mit seiner feinen kleinen Handschrift schrieb er mir jetzt die Empfehlungsschreiben, die mir schon am nächsten Tag sämtliche Türen zu jener geheimnisvollen, stillen und ganz im Verborgenen blühenden Welt öffnen sollten, in der man dem Geist der Florentiner Vergangenheit doch sehr, sehr nahekommt: Das sorgsam gehütete Reich der Originaldokumente. Ich erinnere mich gut daran, mit welchem Hochgefühl ich schon den Fahrstuhl bis zum Graphikkabinett der Uffizien benutzte, wohl wissend, daß die Touristen alle zu Fuß noch einige Treppen höher steigen müssen, wenn sie die Gemäldegalerie der Uffizien besuchen wollen, und wie stolz ich dann die Schwelle überschritt, über der geschrieben stand: *Solo per studiosi*, nur für Gelehrte.

Im Gabinetto Disegni e Stampe breiteten freundliche Archivare Entwurfszeichnungen von Michelangelo auf meinem Arbeitstisch aus, ich ließ mir die Studie zu dem Ölbild, das ich bei Professor Lotti im Salon gesehen hatte, bringen, und vor allem versenkte ich mich in die herrlich lockeren, barocken Skizzen, die Pietro da Cortona zwischen 1637 und 1647 für seine Dekorationen im Palazzo Pitti angefertig hat. Denn seinen Deckenfresken in den sogenannten »Planetensälen« hatte ich schon meine Magisterarbeit gewidmet und wollte nun mit einer präzisen Inhaltsanalyse meinen Doktor machen.

Kaum jemand kommt wohl nach Florenz, um sich mit der Kunst des Barock zu beschäftigen, dafür geht man normalerweise nach Rom, und doch hat Florenz ein paar herausragende Zeugnisse aus dieser Epoche zu bieten, von denen Cortonas heitere, frisch brausende Fresken im Pitti-Palast mit Sicherheit die bezauberndsten sind.

Ferdinand II. de Medici hatte seine Empfangs- und Audienzräume neu und repräsentativ ausstatten lassen. Daß er dazu den größten römischen Barockmaler seiner Zeit heranzog und damit offensichtlich Anschluß an die zu dieser Zeit bedeutendere Kunstszene in Rom suchte, zeigt, daß er sich als Fürst von Einfluß und Reichtum, Bildung und Geschmack darstellen wollte, auf einer Ebene mit den größten Mäzenen seiner Zeit und zugleich in der Mäzenaten-Tradition seiner eigenen Vorfahren.

In meiner Doktorarbeit wies ich nach, daß sich in den Planetensälen zahlreiche bildliche Anspielungen auf das Geburtshoroskop Ferdinands II. befinden, die ihn auch astrologisch mit zwei seiner berühmtesten Vorfahren in Verbindung brachten. Ich war nämlich in der Biblioteca Nazionale auf das gezeichnete Horoskop des Großherzogs gestoßen und hatte mit klopfendem Herzen festgestellt, daß seine wichtigsten Planetenkonstellationen mit denen im Geburtshoroskop von Lorenzo il Magnifico und Cosimo I. fast identisch waren. (Für Interessierte: Alle drei hatten Aszendent Steinbock in 17.23°, 15° und 13°; und Skorpion am Medium Coeli in 14.33°, 12°, 11°). Hinweise genau auf diese Gestirnpositionen, die auch noch Entsprechungen zum Gründungshoroskop der Stadt Florenz haben, konnte ich in den Deckenfresken nachweisen und dadurch die Bedeutung allegorischer und mythologischer Figuren entschlüsseln, die bisher unbestimmt geblieben waren.

Allerdings stieß ich später, bei meiner Heimkehr nach Deutschland, an die harten Grenzen der Kunstwissenschaft. Mit einer merkwürdigen, in sich verschränkten Logik, die etwa so funktionierte: Astrologie ist keine Wissenschaft, folglich kann auch eine wissenschaftliche Arbeit, die sich mit astrologischen Inhalten befaßt, nicht wissenschaftlich sein, lehnte mein Freiburger Professor die fertiggeschriebene Arbeit ab und verlangte eine Überarbeitung, auf die ich mich nicht mehr einließ. Ihm war mein Stil zu »journalistisch«, die Beweisführung nicht »wissenschaftlich« genug, ich fühlte mich durch seine Vorstellungen von »Wissenschaft« unbotmäßig eingeengt und wollte meinen damals schon eingeschlagenen journalistischen Weg weitergehen. So trennten sich unsere Wege vor der Prüfung, die Doktorarbeit blieb in der Schublade, und ich blieb titellos aber fröhlich.

Vierzehn Tage, nachdem ich mit der Quellenforschung begonnen hatte, lud mich Professor Lotti zum Mittagessen ein, um sich nach dem Stand meiner Arbeit zu erkundigen. Ich fühlte mich gefestigt genug, dieses Mal einfach den Raum zu beanspruchen, den ich nun einmal brauchte und das abzulehnen, was mir nicht schmeckte. Kurz: Ich war selbstsicher genug, auf die stereotypen Florentiner Erwartungen an eine junge Frau zu pfeifen und nur mein wahres Selbst zu offenbaren.

Il professore e la dottoressa nahmen am Eßtisch Platz und ließen mich am Kopfende sitzen. Erleichtert stellte ich fest, daß Beatrice Lotti heute perfekt geschminkt war. Die Zofe servierte als *antipasto* die ortstypischen warmen *crostini di paté di milza,* Toastbrötchen mit Milzpaste, und danach *pappardelle als sugo di lepre,* Bandnudeln in Hasensauce, die von der Signora natürlich abgelehnt wurden, die der Professor und ich aber freudig aßen. Dann gab es *vitello tonnato,* feine Kalbsschnitzelchen mit Thunfischsauce, dazu *erbette di campo lesse condite al limone*, gekochtes Wildgemüse in Zitronensauce. Beatrice Lotti, die sich das kleinste Schnitzelchen hatte reichen lassen, stocherte suchend auf ihrem Teller herum und fragte: »Pino, habe ich alles aufgegessen?« Woraufhin Professor Lotti auf ihre Seite hinüberging, ihr einige Fleischstücke in die Mitte des Tellers schob und ihre Hände mit Messer und Gabel auf die richtige Spur setzte.

Professor Lotti hatte bereits registriert, daß ich mich anders verhielt als beim letztenmal. Als er an seinen Platz zurückkehrte, beugte er sich von hinten dicht über mich, sah mir in die Augen, und fragte, ob ich noch ein Schnitzel wolle. Ich sagte nicht nein.

»Nun«, meinte Professor Lotti, »dann greife ich zur Gesellschaft auch nochmal zu.«

»Das tust du sonst nie, Pino«, bemerkte seine Frau.

»Ich kann die *Signorina* ja nicht allein essen lassen«, konterte der Professor. Und ich hatte das mulmige Gefühl, daß mein Outing einen ganz anderen Effekt haben würde als den, den ich mir erhofft hatte.

»Noch Wein?« fragte der Professor.

Ich nickte, und er füllte auch sich noch einmal das Glas, während seine Frau mit einem kleinen Zungenschnalzer entschieden ablehnte.

Dann kamen wir zum Nachtisch, der *schiacciata fiorentina,* einem leichten, mit Puderzucker bestreuten Kuchen. Dottoressa Lotti freute sich schon auf diese Süßigkeit, auch Herr Professor ließ sich ein gutes Stückchen vorsetzen, ich aber lehnte dankend ab und erklärte offenherzig, daß ich, außer *gianduiotti*, überhaupt keine Süßigkeiten mochte, und daß das mit meiner Linie gar nichts zu tun habe. Ich sei nur einfach nicht *golosa*.

»Schade für Sie«, sagte Herr Professor, »aber gut für mich: Ich könnte ja Ihren Nachtisch auch noch essen.«

»Pino!« rief Beatrice, »deine Diabetes!«

Doch es gab kein Halten mehr. Die Sache kam einem Dammbruch gleich: Der Professor futterte munter sein eigenes Kuchenstück, zog dann meinen Teller heran und schlang gierig auch das meine hinunter, während er mir immer wieder freche Blicke zuwarf so, als wäre ich für seine Befreiung oder Enthemmung, wie man's nimmt, verantwortlich. Ganz offensichtlich nahm Professor Lotti mein Abweichen vom normierten weiblichen Eßverhalten als Gelegenheit, endlich auch seine wahre Natur zu outen!

Zum Abschluß des Essens schenkte uns die Zofe *espresso* ein. Ich trank ihn bitter, Beatrice genehmigte sich einen kleinen Silberlöffel voll Zucker, Professor Giuseppe Lotti aber rührte sich mit einem verstohlenen Seitenblick auf seine Frau und einem Zwinkern in meine Richtung vier gehäufte Löffel in die Tasse.

Nach dem Kaffee zog sich *la Signora* zur Mittagsruhe in die Sofaecke zurück, während mich Lotti weiter nach hinten in seine Arbeitsecke bat. Wir sprachen ein wenig über meine Forschungsergebnisse, er war lebhaft beteiligt, ein rötlicher Hauch hatte seine sonst so elfenbeinblassen Wangen überzogen, seine Augen glänzten, das Übertreten der selbstgesetzten Regeln hatte ihn kurzfristig angeregt. Ich erzählte ihm, daß ich nebenher an einem Aktzeichenkurs der Kunstakademie teilnahm. Das schien ihn sehr zu interessieren, und wie beiläufig fragte er nach, ob wir denn anprechende Aktmodelle hätten. Er zeichne nämlich auch, ließ er mich wissen, allerdings für sich allein, zu Hause. Aufgeregt angelte er eine Mappe aus dem Bücherschrank, warf einen raschen Blick nach hinten in die Ecke, in der seine Frau ruhte, und klappte sie vor mir auf.

Ein paar hübsche Stillebenstudien, Kopien nach alten Meistern, und dann Aktbilder. Ausschließlich männliche Akte in verschiedenen Positionen. Ich tat ganz lässig und unbeeindruckt, machte hier und da eine sachkundige Anmerkung, wo mir etwas gelungen erschien, oder wo ich Mängel in der Proportion feststellte. Lotti war nah an mich herangerückt und beobachtet meine Reaktionen von der Seite.

»Das bin ich selbst,« erklärte er plötzlich, »Selbstportraits!« sagte er laut, und blättert vor meinen Augen weiter: Professor Giuseppe Lotti nackt. Stehend, sitzend, mit aufgestelltem Bein, frontal und im Halbprofil. Aktportraits, vor dem Spiegel gezeichnet.

Er hielt mich jetzt wohl wegen meiner freimütig offenbarten Schinkenbrotnatur für barbarisch germanisch maßlos, für besonders zugänglich, ja hemmungslos! In Wahrheit aber war ich hilflos, gefangen in der Zwickmühle zwischen seinem erotischen Andrang und seiner ahnungslosen blinden Gattin. Sie hörte unsere

Unterhaltung mit, hatte aber, so hoffe ich wenigstens, nicht den blassesten Schimmer davon, welcher Art die »Selbstportraits« waren, die ihr Mann mir vorführte.

Glücklicherweise begann um 15 Uhr mein Aktzeichenkurs an der Akademie, und ich verabschiedete mich rasch. Ja, ich floh schließlich in Panik aus dieser morbiden Szenerie wie eine lebend Begrabene, die sich aus einer kostbar dekorierten Grabkammer befreit. Endlich, nur endlich wieder ans helle Tageslicht!

Im Freien sog ich gierig die frische Luft ein, und gleich begann ich mich auf unser junges, hübsches Aktmodell zu freuen. Auf Paolo, der aussah, wie der David von Michelangelo.

Graziella und Fulvio

Zwei alte Etrusker im heutigen Florenz

Graziella hatte an der Seite eines Florentiner Antiquitätenhändlers ein strahlendes Leben geführt. Es war ihr Lust und Lebensaufgabe gewesen, ihn zu verwöhnen, ihn mit wechselnden Dessous und kulinarischen Köstlichkeiten zu überraschen und mit erotisierenden Scherzen und ständig wechselnden Szenerien ihr gemeinsames Liebesleben über viele Jahre hinweg in Schwung zu halten, was ihr zwischen all den angesammelten Antiquitäten und Tand nicht schwerfiel zu arrangieren. Gerne liebte sich das Paar, wenn der Laden noch geöffnet war, und die Möglichkeit, Kunden könnten hereinkommen, ihrer Begegnung einen besonderen Reiz verlieh.

Graziella war zierlich, auf eine strenge, noble Weise hübsch, und hatte das, was man bei einer Frau wohl »Klasse» oder »Rasse» nennt. *Una donna di razza* sagen die Florentiner dazu. Ihr Leben lang trug Graziella einen knappen, kastanienbraunen Pagenkopf, und schon bei der ersten Begegnung erinnerte sie mich mit ihrer steil angesetzten Nase, ihren riesigen, schwarzen Augen und ihrer Vorliebe für Ohrgehänge, Armspangen und exquisite Stoffe an die freizügigen etruskischen Frauen, die ich auf den Fresken in den Grabkammern von Tarquinia gesehen hatte. Da ich mich in jener Zeit auf eine Studienreise vorbereitete, bei der ich eine deutsche Reisegruppe auch an die Stätten der Etrusker führen sollte, waren meine Sinne für alles »Etruskische« geschärft. Die Toskana gehörte ja zum Stammland der Etrusker, die von den Römern *Tusci* genannt wurden, ihr Land *Tuscia,* woraus sich ab dem zehnten Jahrhundert der Name Toscana ableitete. Und Fiesole, das Städtchen auf dem Hügel hinter Florenz war im vierten vorchristlichen Jahrhundert eine blühende Etruskerstadt, lange bevor Fiorentia, 59 vor Christus von Cäsar als römische Veteranenkolonie gegründet wurde! Fiesole hieß allerdings unter den Etruskern noch »Vipsl«.

Graziella war nie verheiratet gewesen. Ihr Lebensgefährte war vor Jahren gestorben, sein gesamter Besitz seinen ehelichen Kindern zugefallen. Graziella war daraufhin in die Wohnung ihrer Kindheit zurückgekehrt, wo sie ihre alten Eltern bis zum Tod gepflegt hatte. Als ich sie kennenlernte, war Graziella Mitte Sechzig und geriet gerade in das Alter, in dem man beginnt, den eigenen Eltern auf unwiderrufliche Weise ähnlich zu werden. Für Graziella war diese Phase existenzbedrohend, da sie doch bis zum Tod ihrer Eltern stets Tochter gewesen war. Ohne eigene Kinder war sie auch in ihren Liebesbeziehungen immer die Kleine, die Junge geblieben, und deshalb hatte sie sich bislang in der Sicherheit gewiegt, daß sie zeitlebens von den Zeichen des Alters verschont bleiben würde. Kunsthistorisch gesprochen befand sie sich genau in jener heiklen Übergangszeit, in der sich der idealisierende Stil der Etrusker (im fünften vorchristlichen Jahrhundert), in dem nur jugendliche Idealgestalten zur Darstellung gebracht wurden, in jenen Spätstil verwandelte, in dem die etruskischen Künstler anfingen, ihre Zeitgenossen schonungslos naturalistisch als individuelle, vom Leben gezeichnete Charaktere zu porträtieren (im letzten vorchristlichen Jahrhundert). Eine stilistische Entwicklung, die man sich im archäologischen Museum in Florenz zwar gerne anguckt, die man aber nur ungern am eigenen Leib wahrnimmt.

Meine Malerfreundin Giovanna hatte ihre Eigentumswohnung in der Peripherie verkauft und war, weil sie für denselben Preis keine Wohnung im Zentrum fand, in ein kleines Zimmer zur Untermiete bei Graziella eingezogen. Da ich zusammen mit ihr obdachlos geworden war, hatte sie auch mir bei Graziella ein Zimmer vermittelt. Ein Student aus Kalabrien, ein anderer aus Sizilien wohnten noch am selben Flur. Da auch Graziella den ganzen Sommer über alle Fensterläden fest geschlossen hielt, um die Hitze draußen zu halten, bewegten wir uns ständig in einem kühlen blaugrauen Dämmer, dem nur die von Graziella gefertigten Aquarellbilder, die die Wände überzogen, ein wenig Farbe verliehen. Bei mir verstärkte sich der Eindruck, in einer etruskischen Nekropole, vielleicht Cerveteri, in einer jener vielteiligen Tomben zu wohnen, in der jede Kammer mit mindestens einem Totenbett besetzt ist. Hausrat, Kosmetik, Nahrung und Wanddekoration inklusive.

Unser Frühstück war im Mietpreis inbegriffen, und alle Grabbewohner durften auch die Küche mitbenutzen. Graziella stand also morgens auf, kochte Kaffee und röstete für uns das ungesalzene Florentiner Weißbrot auf einem runden Sieb, das sie auf die Gasflamme legte, und auf dem das Brot mit schöner Regelmäßigkeit verkohlte. Zog uns der leise Brandgeruch in die Nase, wußten wir, daß das Frühstück bereitet war, und gesellten uns zu ihr. Beim Frühstück waren Giovanna und ich dann oft damit beschäftigt, Graziella aus ihrer Morgendepression herauszuzerren, während es die beiden jungen Männer von vornherein vorgezogen hatten, ihren Espresso im eigenen Zimmer zu trinken. Graziella nämlich hatte nach dem Aufstehen im Spiegel höchst naturalistische Ringe unter ihren Augen entdeckt und hängte sich uns mit ihren dünnen Armen an den Hals wie ein Kind, ihre verlorene Idealgestalt zu betrauern. Wir trösteten sie, so gut wir konnten, unserer Meinung nach taten ein paar Augenringe ihrer aparten Erscheinung nicht den geringsten Abbruch, aber sie war untröstlich. Einen ganzen Vormittag lang konnte sie über ihre Augenringe Tränen vergießen, wodurch die Sache weiß Gott nicht besser wurde. Unbarmherzig gegen sich selbst schlich sie dann, wenn der junge Sizilianer zur Universität gegangen war, in sein Zimmer, stellte sich nackt vor den großen Spiegelschrank ihres Vaters und unterzog sich einer gnadenlosen Schönheitskontrolle, bei der sie zur Betrachtung ihrer rückwärtigen Hälfte einen kleinen Handspiegel zu Hilfe nahm. Hatte man nicht, so fiel mir ein, in etruskischen Frauengräbern solche Spiegel in unvorstellbarer Zahl gefunden? Und der griechische Historiker Theopompos von

Chios mokierte sich im vierten Jahrhundert vor Christus darüber, daß die Etruskerinnen im Unterschied zu Griechinnen und Römerinnen, der Pflege ihres Körpers allzuviel Aufmerksamkeit widmeten; daß sie außerdem zusammen mit den Männern Gymnastik trieben und nichts dabei fanden, sich nackt zu zeigen! Daß sie sich beim Gastmahl zu den Männern setzten, und nicht einmal nur zu ihren eigenen? Aber Theopompos kam nicht umhin, abschließend zuzugeben, daß die Etruskerinnen seiner Zeit ebenso schön wie trinkfest waren! Den Damen Etruriens wurden demnach sehr viel größere Freiräume zugestanden als ihren griechischen und römischen Geschlechtsgenossinnen. Oder hatten sie sich ihre Freiheiten gar selbst genommen? Während zum Beispiel in Olympia allein die Priesterin der Demeter bei den Wettkämpfen der nackten Athleten anwesend sein durfte, saßen die Etruskerinnen bei den Wettspielen ihrer Männer mit auf der Zuschauertribüne!

Die schöne Graziella am Abgrund des Alters drohte gerade zu einer tragischen Figur zu werden, als ein Verehrer auftauchte: Fulvio, eingeborener Florentiner wie sie, aber von der anderen Seite der Stadt, von dort, wo sich Mietblock an Mietblock reiht und wo die Familien weit weniger vornehm sind als – zumeist – im Zentrum. Fulvio hatte eine lange unregelmäßige Nase über einem üppigen Schnauzbart, und er war voller Lebenslust und Neugier. Mit Sicherheit hatte es nicht einmal in seiner Jugendblüte eine Phase gegeben, in der er einem idealen Schönheitstypus entsprochen hätte. Er schien von Anfang an von einem etruskischen Künstler der naturalistischen Epoche porträtiert worden zu sein. Frisch pensioniert, nach einer gescheiterten Ehe und einem unerfüllten Berufsleben, das er im Büro zugebracht hatte, gedachte Fulvio jetzt, mit einer leidenschaftlichen Liebe in seine neue Lebensphase zu starten. Er war von Graziellas feiner erotischer Ausstrahlung fasziniert, und auch ihre gepflegte Melancholie schien ihm zu gefallen. Stets bemühte er sich, sie aufzuheitern. Meist kam er dazu am späten Nachmittag ins Haus, um Graziella nach einer kleinen *merenda,* zu der auch wir gebeten wurden, zu irgendeiner kulturellen Veranstaltung zu entführen. Giovanna und ich hatten dann schon viel Zeit und Mühe in Graziellas Aufmachung investiert. In einem kleinen Abstellraum stand ein riesiger Kleiderschrank, der von wunderbaren, extravaganten Kleidern überquoll. Grabbeigaben, Zeugen vergangenen Glanzes. Die meisten waren so demodé, daß wir Graziella rieten, sie draußen, im Leben, lieber nicht mehr zu tragen. Dafür begleiteten wir sie in Boutiquen und standen ihr bei der Auswahl neuer Kleider bei, die sie sehr viel besser trösteten als jeder rein seelische Beistand und mit denen sie auf Fulvio großen Eindruck machte.

Graziella erhörte Fulvio nach kurzem vorgetäuschten Widerstand. Um ihm die Freude an der Eroberung nicht ganz zu nehmen, erklärte sie uns. Noch einmal durfte sie die Rolle der begehrten kultivierten Hetäre spielen, und dennoch haderte sie mit dem unangenehmen Gefühl, gesellschaftlich abgerutscht zu sein. Denn Fulvio kam aus der Peripherie, er war nicht sehr gebildet, ein lustiger, handfester Kerl mit kräftigen Händen, der gern laut lachte. Etwas zu laut, befand Graziella. Und auch mit seinem Bekleidungsstil hatte sie ihre Probleme. Fulvio liebte nämlich den sportlichen, englischen Kolonialstil und in jenem Sommer erschien er am Spätnachmittag oft in einem Safarihemd über frischgebügelten, beigefarbenen Bermudashorts und mit oben umgeschlagenen Kniestrümpfen. Alles war blitzsauber und von bester Qualität, vor allem aber fühlte Fulvio sich sehr elegant. Graziella zwinkerte uns zu. Sie genierte sich ein wenig, war aber Fulvios Freundlichkeit, seiner Herzenswärme und seinem vitalen Lebenschwung völlig erlegen. Es machte ihr zunehmend Spaß, ihn zu kultivieren, ihm etwas beizubringen, und seine Komplimente und seine Leidenschaft bauten sie sichtlich auf, wobei sich ein Teil ihrer Liebeslust von dem Gefühl ihrer kulturellen Überlegenheit nährte. Fulvio war bis über beide Ohren verliebt und, wie uns Graziella stolz reportierte, ein unersättlicher Liebhaber. Dennoch äußerte sie immer wieder die Angst, es könne sich bei ihm vielleicht doch nur um *una cosa a fior di pelle,* eine oberflächliche Sexaffäre handeln, die seine Seele nicht in dem Maße, wie sie es sich wünschte, ergriffen hatte.

Graziella und Fulvio besuchten Museen, Kunstausstellungen und Theateraufführungen und sahen sich alle neuen Filme an. Ging es am späteren Abend dann aber um die Frage »Gehen wir zu dir, oder zu mir?«, begannen für die beiden fast unüberwindliche Schwierigkeiten. So glaubte ich wenigstens. Denn beide hatten keinen Privatraum, keine geschützte Intimsphäre für ihre Liebe. Aber das schien zwei direkten Abkömmlingen aus dem etruskischen »Vipsl« nichts auszumachen. Sie hatten ganz offensichtlich ein sehr viel geringeres Bedürfnis nach Abgrenzung, Rückzug und Eigenraum als die Menschen meiner Heimat. Graziella hatte ihre Wohnung mit zahlenden Studenten und jungen Frauen vollgestopft. Natürlich brauchte sie die Mieteinnahmen, aber sie nahm es darüberhinaus gerne hin, daß wir in ihrer Küche herumwirtschafteten, ihr Bad belagerten, manchmal Freunde in ihrem Salon übernachten ließen und mit ihr und ihrem Liebhaber Tee tranken. Ihr kleines Schlafzimmer war ihr einziger Privatraum. Und der besaß nur eine Milchglastür. Fulvio hatte nichts dagegen, sich mit Graziella hinter der Glastür zu vergnügen. Er hatte, nach eigenem Bekunden, Zeugen seiner Manneskraft sogar ganz gern. Graziella aber genierte sich manchmal vor dem sizilianischen Studenten, dessen Zimmer mit dem erwähnten Spiegelschrank an ihres angrenzte.

Auch Fulvios Behausung war für das Liebespaar nicht frei. Denn Fulvio hatte seine neunzigjährige Mutter zu sich in die winzige Sozialwohnung genommen, oben in einem Wohnblock. In seinem Schlafzimmer, dem einzigen Refugium, stand noch immer das Bett seiner geschiedenen Frau, die bis vor wenigen Monaten weiter in derselben Wohnung gelebt hatte. Zwischen den Betten eine Kluft von einem halben Meter. Für Graziella kein sehr attraktives Liebesnest. Blieb den beiden also nur die Liebe im Auto, im Freien, am Ufer des Arno und in Hotelzimmern. Graziella ließ uns gegenüber beim gemeinsamen Frühstück immer wieder durchblicken, daß ihr diese Abwechslung nicht mißfiel und daß sie manchmal auch Freundinnen mit ans Ufer des Flusses einlud. Die Sache behielt so den Flair von »Jugendsünde«, denn auch die jungen Leute, die, während ihrer gesamten Ausbildungszeit und meist noch lange darüber hinaus, bei ihren Familien wohnen bleiben, weichen, wenn es ihnen im Kreis ihrer Lieben für die Liebe dann doch zu eng wird, nach draußen aus. Auf den Anhöhen rund um Florenz gibt es einige Parkplätze, auf denen die Liebespaare bevorzugt in ihren Autos zusammenkommen. Doch auch hier ist man nicht allein, es herrscht auf diesen Plätzen, besonders an den Wochenenden, ein reges PKW-Gedränge. Jedes Pärchen für sich, in einer kleinen Kammer aus Blech und Glas, und dennoch halböffentlich unter Gleichgesinnten.

Als Graziella und Fulvio zum Filmfestival nach Venedig fuhren, luden sie mich ein, mitzukommen. Fulvio, der die Organisation übernommen hatte, hatte allerdings in einer kleinen Pension ohne mein Wissen ein Dreibettzimmer bestellt. Nachdem er mit Graziella ins Doppelbett geschlüpft war, schlug er nach einer kurzen Aufwärmphase stolz das Laken zurück und lud mich ein, zuzusteigen. Graziella lächelte. Ich lehnte ab, stopfte mir Ohropax in die Ohren und zog mir die Decke über den Kopf. Trotz dieser Vorsichtsmaßnahmen ließen mich später Graziellas spitze Schreie und lautes Gerumpel, das aus dem engen Badezimmer drang, hochschrecken. Während die beiden alten Etrusker am folgenden Morgen taufrisch und heiter die Filmfestspiele verfolgten, schleppte ich mich völlig übernächtigt und mit tiefen Ringen unter den Augen zu den Veranstaltungen.

Graziellas und Fulvios Liebe dauert bis heute an. Fulvio, der ein winziges Stück Weinberg hinter Florenz besitzt, dessen Trauben er in der *cooperativa* abliefert, um dann stolze 50 Flaschen *Chianti DOC* in Graziellas Küche einzulagern, hat in der Zwischenzeit eine Terrasse befestigt und anstelle des Geräteschuppens ein winziges Steinhaus erbaut. Es besteht aus einer einzigen Kammer. An den Wänden entlang sind Betten aufgestellt, die auch als Sofas dienen. Es ist kühl und dunkel im Innern, aber wenn Graziella die Kerzen entzündet, dann scheinen die Liebespaare auf den Mauern, die sie von den Fresken etruskischer Gräber abgemalt hat, lebendig zu werden.

Die schöne Gouvernante

Florenz, die Frau

Sie ist schön und kultiviert, ein bißchen hochmütig, ein wenig scharfzüngig, von der Sorte, die man eher bewundert als von Herzen liebt. Man hängt an ihren Lippen wegen der Anmut ihres sprachlichen Ausdrucks, wegen ihrer edlen Gebärden und wegen der herrlichen Renaissance-Rundbogen ihrer Brauen.

Nein, sie ist wahrhaftig keine breithüftige *mamma*, die ihre Kinder in die warmen, weichen Arme schließt. Florenz hat so gar nichts Üppiges, überquellend Barockes. Im Gegensatz zu Rom, das gern »*Mamma Roma*« genannt wird, gleicht Florenz eher einer kinderlosen Gouvernante:

In liebevoller Distanz erzieht sie ihre Zöglinge durch ihr Vorbild zu aufrechter Haltung, zum Maßhalten, zu formvollendeter Schönheit, zu natürlicher Anmut als Ergebnis kultureller Anstrengung und zu ausgesuchter Höflichkeit.

Wer sich auf die Atmosphäre dieser Stadt einläßt, der wird ihre erzieherische Wirkung bald an sich selbst bemerken. Vielleicht ist man in den ersten Tagen noch zu sehr damit beschäftigt, nach Außen zu schauen, all die Schönheiten von Florenz zu bewundern und in sich aufzunehmen. Doch irgendwann fällt dann der Blick auf die eigenen Schuhspitzen und in den Spiegel eines Schaufensters. So fängt es an. Denn dies ist der erste Schritt zur Selbsterkenntnis, die jedem Wandlungsprozeß vorausgehen muß. Plötzlich also werden die Schuhspitzen, die in deutschen Landen noch durchaus passabel waren, als zu stumpf, zu flach, zu plump empfunden. Und diese schlappe, schleichende Figur in der Schaufensterscheibe, das soll *ich* sein? So kann man vielleicht in Wanne-Eickel herumlaufen oder im Schwarzwald, sicherlich aber nicht hier, in Florenz!

Es ist keineswegs nur der Anblick der gutgekleideten Florentiner Männer und Frauen, der das Schönheitsempfinden des Florenzbesuchers aufstachelt. Es ist die ganze kunst- und kulturdurchtränkte Stadt: Diese wunderbaren Rundbögen, die sich von Säule zu Säule schwingen, die den eigenen Schritt rhythmisieren, den Besucher zum Schreiten auffordern. Es ist die straff gespannte Domkuppel, die steil in den Himmel ragt, nicht schlaff, oder satt und träge auf ihren Mauern aufliegt. Es sind die ausdrucksvollen, aber zurückhaltenden Gesten der Renaissance-Madonnen in den Kirchen und Museen, und es ist die entschlossene Haltung des Davids von Michelangelo, die erzieherisch wirken.

Auf diese Weise klopft einem *Fiorentia* diskret zwischen die Schulterblätter, damit man den Rücken gerade macht, sie tippt einem unters Kinn, damit man den Kopf und den Blick frei hebt, sie lächelt einen aus klaren Augen gewinnend an, damit man lernt, ebenso zurückzulächeln. Und wer hier aufgewachsen ist, hat die wohlerzogene Schönheit der Stadt natürlich verinnerlicht. Die meisten Florentiner verfügen genau über jene Mischung aus warmer Reserviertheit und distanzierter Herzlichkeit, die auch die Kunst und Architektur der Stadt auszeichnet.

Bleibt man als Ausländer länger hier wohnen, so wird man unweigerlich in diese Lebenshaltung hineingezogen. An vielen Studienkollegen konnte ich innerhalb eines Jahres die Wandlung von schlampigen Studentinnen in ästhetische Wunder, und von miesepetrigen Studenten in elegante Kavaliere miterleben. Sogar verknöcherte Dozenten entwickelten in Florenz einen feinen Charme, und meine Freiburger Professorin, die in Deutschland immer ziemlich schnell die Fassung verloren hatte, wurde in Florenz zu einer gelassen freundlichen *professoressa*.

Eine lebendige europäische Metropole im kulturellen Aufwind, eine schöne, kreative Wilde, das darf man sich von Florenz nicht erwarten! Innovative Impulse werden hier nicht gezündet. Diese Stadt ist klassisch schön und hat sich in den vielen Jahren, seit ich sie kenne, nur unwesentlich an der Oberfläche verändert. Warum sollte sie auch.

Mit etwas mokant hochgezogenen Augenbrauen und einem ausgeprägten Sinn für Maß und Stil erzieht sie ihre Kinder und verwaltet ihre große Vergangenheit: Florenz ist eine schöne Gouvernante.

Danke

Mein herzlicher Dank gilt zunächst dem Rotary Club Mannheim-Kurpfalz mit der Rotary Foundation of Rotary International sowie dem Deutschen Akademischen Auslandsdienst, die mir langfristige Stipendien in Florenz gewährt haben.

Herzlich danken möchte ich auch meinen Förderern, Helfern und Freunden, die mir während verschiedener Florentiner Aufenthalte in höchst unterschiedlichen Lebenssituationen zur Seite standen: Alberto de Archangeli, Cristina Baci, Giovanni Barbieri, Graziella Bernini, Giorgio Casari, Simona Dolci, Mariella Fenzi, Franco, Prof. Mina Gregori, Prof. Herbert Keutner (verst.), Prof. Margrit Lisner, Prof. Giuseppe und Laura Marchini, Prof. Martelli, Susanna Petrai, Giovanna Prandi, Paolo, Simona Sperandio, Marida Tancredi, Prof. Vigiano.

Dank auch all den ungenannten freundlichen und inspirierenden Geistern und Gesichtern von Florenz.

Stephanie Frigyesi FST|T1